RACCONTI EROTICI

STORIE VERE DI SESSO ESPLICITO SENZA ALCUN TABÙ. STUZZICA LA TUA CURIOSITÀ TRA TRADIMENTI E TENTAZIONI.

EVA PALMAS

CONTENTS

Introduzione											v

1. Piacere senza fini									1
2. Il desiderio di uno scambio						5
3. Sconvolti dalla libidine							12
4. Appuntamento al cinema							15
5. La gonna di Katie									21
6. Adriana											25
7. Un pomeriggio indimenticabile						31
8. Pensiero intrigante								40
9. Emozioni segrete									43
10. Amici dell'estasi									48
11. Desideri inespressi								54
12. La massaggiatrice								58
13. Voglia illecita									65
14. Irresistibile tentatrice							75
15. Il desiderio di sottomissione						83

INTRODUZIONE

*"Nuovamente Eros
    di sotto alle palpebre languido
    mi guarda coi suoi occhi mare;
    con oscure dolcezze mi spinge nelle reti di Cipride
    inestricabili"*

Saffo.

Questo libro è un'opera di pura fantasia. I personaggi e i luoghi citati sono invenzioni dell'autrice e hanno il solo scopo di conferire veridicità alla narrazione e sono funzionali alla finzione scenica.

Qualsiasi analogia con fatti, luoghi e persone, vive o scomparse, è puramente casuale.

1

PIACERE SENZA FINI

Lame luminose penetravano nel buio della camera. La luce gialla del lampione di fronte illuminava il loro sonno. Quella luce era come una luce di sicurezza, come quella che da bambina l'aveva protetta da mostri e uomini cattivi e che le aveva fatto compagnia.

Ancora ora, che ormai era una donna che ogni notte si abbandonava sicura tra le braccia di uomo che l'amava, quella luce esterna era la conferma di uno stato di sicurezza.

E così non ebbe paura quando nel cuore della notte sentì un braccio pesare sul suo fianco. A quello stimolo la sua mente aprì uno spiraglio; il tempo necessario per rendersi conto che non c'era pericolo e subito ricadde nell'incoscienza.

Qualcosa si stava sollevando e la sentiva scivolare, lentamente. La sensazione di un movimento, di qualcosa che stava capitando, forse lì o altrove.

Immersa com'era nel sonno non poteva distinguere i contorni delle cose e degli avvenimenti, la realtà era il regno dell'onirico, nel quale lei era al contempo protagonista e spettatrice.

Si mosse nella semicoscienza con la percezione di qualcosa di pesante. Un punto di luce colpì il suo occhio, che si era aperto nel movimento. Emise un mugugno.

Un calore le stava scaldando il centro del corpo e da qui un flusso si stava irradiando verso il cuore. Vide un fuoco e accanto al fuoco lei e un'altra figura.

I due sembravano contenti…

Qualcosa le sfiorò il collo e istintivamente alzò la mano per cacciare chissà quale animale che si era posato su di lei. Sentì qualcosa di tondo, toccò meglio, dei peli… cercò di girarsi di colpo verso la bestia, ma era rallentata dalla solita pesantezza. Tastò ancora con la mano, una punta, qualcosa di morbido, dei contorni… e allora realizzò. Sentì il suo seno nella mano di lui e lei vi appoggiò sopra la sua, per istinto.

Non era presente alla realtà, ma era lo stesso consapevole di ciò che stava accadendo. Non aveva alcuna bestia pericolosa su di sé, era il suo uomo che la esplorava nel cuore della notte.

"Ha voglia", le disse la voce della sua coscienza assopita. Mugugnò di nuovo e si mise supina e lo lasciò fare, sicura di non avere nulla da temere.

Sentì la sua pelle ruvida sfiorarle la guancia e poi le labbra di lui cercare le sue. Le schiuse e attese. Le palpebre pesanti si sollevarono di poco e i suoi occhi videro le lame di luce tagliare parte del buio. Tutto era tranquillo, nessun rumore, alcun timore. Abbandonata nelle mani del suo amato, così era e così sapeva di essere anche durante il torpore del sonno. E sentiva che lui la voleva e si doleva di non riuscire a svegliarsi totalmente. Le sue membra erano così pesanti e stanche e lui era così delicato da lasciarla sospesa tra sonno e veglia.

Sentì le labbra bagnarsi, la lingua di lui le sfiorava appena, inumidendole con la saliva. Leccò la goccia che sentì colare in un angolo della bocca e lì incontrò la lingua di lui e in quello stesso momento sentì la sua mano che avvolgeva il monte di Venere e giocava con i peli.

Riuscì ad aprire gli occhi e si sforzò di metterlo a fuoco, ma il buio era ancora troppo fitto per distinguere i dettagli. Emise un sospiro e con un filo di voce disse: "amore".

Sentì come un sibilo, proveniva da lui. Poi un insieme di

movimenti, il corpo di lui si spostò, sentì le mani posarsi sui suoi fianchi e tirare.

Istintivamente sollevò il bacino. Lui le tolse gli slip, scorrendo lungo le cosce, poi risalì e le accarezzò l'interno con la mano.

Il suo membro duro e caldo era appoggiato al suo fianco, mentre le succhiava un seno. La sua mano esplorava la sua intimità.

"Amore", ripeté, staccandosi definitivamente da Morfeo per abbandonarsi a colui il quale l'aveva strappata dal regno dell'onirico, per dare e prendere piacere.

Allungò la mano e afferrò il suo fallo, che vibrò. Poi gli afferrò i capelli e tirò. Cercò avidamente la sua bocca e la baciò. Si girò un poco verso di lui sollevando una gamba, subito sentì le sue dita entrare nella fessura umida. Si contrasse e gemette. E poi fuori e poi ancora dentro e si stava bagnando sempre più. Fece scorrere la mano sul membro eretto. Già colava.

Sì sentì afferrare il polso e strappare via il braccio. E la bocca di lui che la inchiodò al piacere. Le mancò il respiro. Si sentì girare con forza e si ritrovò prona, con il peso di lui sopra. Sentì le natiche aprirsi e un dito penetrare nel luogo proibito. Gemette e si contorse. Bloccata da lui non poteva e non voleva fuggire. Dei morsi sul sedere. Di colpo sollevò il bacino, come per proteggersi e proteggendosi si esponeva. Glielo dava tutto, il suo sesso, tutto ciò che desiderava. Poteva fare di lei ciò che voleva, era sua, completamente liberata dalle sue mani grandi che l'aprivano.

Il respiro spezzato e tutto che colava. Non poteva resistere a quel piacere.

Puntò un ginocchio e cercò di sollevarsi un poco. Le sue mani la possedevano.

Gridò, quando si sentì stringere il clitoride alla base e scalciò. Lui la trattenne forte.

"No no!", implorò. E poi ancora le sue dita dentro la fessura. Davanti e dietro. E gli umori che colavano abbondanti, dentro e fuori di lei. E ancora gemiti e ancora quella falsa e vera implorazione: "No… no, no!". E il tentativo di liberarsi dallo sconvolgimento dell'esplosione.

Ma lui la possedeva e la penetrava. Non poteva fuggire, non voleva fuggire.

Le sue mani bagnate la bagnavano, ancora e ancora. E non resisteva più. E la tensione la sovrastava e la oltrepassava, la dilatava e la penetrava, la dominava e la soggiogava. Il respiro corto, la bocca completamente aperta come il suo sesso e lacrime di piacere riempivano i suoi occhi.

E ancora lui, dentro e fuori, scivolava tra le labbra e poi ancora, dentro le aperture aperte. E il sangue che risaliva dal basso, veloce e ancora più veloce e senza respiro si contrasse ancora. Era lì, era lì, pronto per esplodere. Poi uno schiocco e un bruciore forte al sedere. Urlò. Poi ancora un colpo e ancora un bruciore. "No no!". Gemette. Si sentì stringere forte i fianchi e si inarcò di colpo.

Poi, un piacere intenso e abbondante allagò la notte.

2

IL DESIDERIO DI UNO SCAMBIO

Nel raccontarvi questa storia userò dei nomi di fantasia. Sono un uomo di 40 anni e sono sposato con mia moglie Grazia. Grazia la conobbi per caso ad una festa quando aveva 18 anni. Mi colpì subito, era bella, aveva un fisico da modella, capelli castani, occhi azzurri e una terza di seno. Dopo esserci conosciuti ci siamo frequentati per un pò di tempo, ci siamo fidanzati e dopo 4 anni ci siamo sposati coronando il nostro sogno d'amore.

Durante tutto il fidanzamento però non ha mai voluto fare sesso a causa della sua educazione molto rigida e dalla paura di restare incinta. Per tutto il tempo mi sono dovuto accontentare della masturbazione che mi concedeva. Ma non mi importava, avevo a quei tempi mia cugina che mi faceva fare sesso già da quando avevo 15 anni. E intendo sesso vero. Lei aveva tre anni più di me ed è stata una buona maestra. Mi ha trasmesso tutto ciò che bisogna sapere. All'epoca facevamo tutto quello che lei faceva con il suo ragazzo poi diventato suo marito.

Il sesso per me ha sempre rappresentato molto. Ci ho vissuto con il pallino della fica e con gli anni ne ho presa tanta. Non mi facevo scrupolo da dove venisse, bastava che fosse fica. Nel corso della vita matrimoniale ho fatto si che mia moglie da casta che era diventasse una vera macchina da sesso e non solo per me. Ho però dovuto combattere i suoi tabù che, uno alla volta, sono caduti.

Lei intendeva il sesso come una cosa che doveva servire a soddisfare le esigenze di un uomo… bastava aprire le cosce e via, 5 minuti e tutto finisce. Senza mai usare la violenza, ma solo con le parole e l'aiuto di qualche film porno, ho risvegliato pian piano la donna che sopiva in lei. All'inizio, faticava perfino a farsi leccare la fica ma quando poi si è lasciata andare le è piaciuto e le è venuto naturale prenderlo in bocca per un pompino senza ingoio, tabù caduto in seguito. Mia moglie ha trent'anni ed è uno splendore, è la classica donna che quando cammina ti devi girare per ammirarla… eppure non era mai stata con un altro.

Ma non è questo ciò che voglio raccontarvi, era solo una premessa per farvi capire da dove siamo partiti e come dopo alcuni anni passati con mia moglie non ho mai più avuto problemi con il sesso. Anzi, durante i nostri rapporti cominciavamo a fantasticare sempre più spesso come sarebbe stato farlo con altri. In tre magari, con un altro, uomo o donna che fosse. Ci aiutavamo con un vibratore per provare quelle emozioni, poi il grande salto per caso.

Da qualche tempo eravamo soliti frequentare una coppia di amici molto simpatica e aperta, Ale e Sonia (così li chiamerò). Stavamo sempre insieme, parlavamo di tutto tranquillamente, anche di sesso. Lei era una rossa naturale, bella ma con poco seno. Lui un tipo niente male, a sentire mia moglie. Un pomeriggio eravamo a casa loro e parlavamo di sesso… solo dopo ci siamo resi conto che il tutto non era successo per caso. A un certo punto Ale mise su una video cassetta porno, cosa già fatta in precedenza, e la si commentava. Poco dopo Sonia cominciò a stuzzicare il marito. Poi cominciarono a toccarsi e baciarsi, fino a quando Ale tirò fuori le tette della moglie e si mise a leccarle e succhiarle.

Io e mia moglie li guardavamo non senza un certo imbarazzo anche se non nascondo che la cosa ci piaceva e ci eccitava.

Con una battuta dissi a mia moglie: – forse e meglio che

andiamo, lasciamoli soli cosi si fanno una bella scopata – e lo pensavo davvero.

Sonia mi rispose: – potete restare, se volete, e se volete lo possiamo fare anche tutti e quattro insieme. –

Cercai mia moglie con lo sguardo poi le chiesi: – Ti va? –

Mi rispose: – Si ma ad una condizione, ognuno col proprio marito. Non voglio che Ale mi tocchi e non voglio vedere te con lei. –

Allora Sonia prese per mano mia moglie e le disse: – vieni andiamo a lavarci. –

Quando rimanemmo soli, Ale mi disse: – Fai con Sonia quello che vuoi. –

– Si ma hai sentito mia moglie? …non vuole. – risposi.

– Non è così, vedrai che cambierà idea, fidati… ho buona esperienza. – ribatté Ale.

Quando tornarono dal bagno erano tutte e due nude ed erano fantastiche.

Sonia nuda era ancora più bella di quello che immaginavo, aveva la fica completamente depilata e sembrava la fica di una bambina.

Mi chiese: – allora ti piace? –

Poi aggiunse: – Dai ragazzi, andate a lavarvi e non venite in camera fino a quando non vi chiamerò. Io devo parlare un pò con Grazia da sola. –

Faccio una doccia veloce e mi siedo nudo sul divano, poi mi raggiunge Ale, vedo un cazzo che moscio era il doppio del mio… era enorme e grosso. Aspettiamo un tempo indefinito poi stanchi di aspettare una chiamata che pare non arrivare mai decidiamo di andare di là. Una volta in camera da letto quello che vedo mi fa schizzare il cazzo… le nostre donne si stanno leccando la fica in un 69 e stanno godendo.

Ci vedono mia moglie mi dice: – vieni amore chiavami non ne posso più ho, voglia del tuo cazzo! –

Ale si porta sopra la testa della moglie e le dà il cazzo da leccare. Mentre me la sto scopando, vedo mia moglie che guarda loro due come se fosse ipnotizzata. Le giro la testa e la bacio.

Risponde al bacio e mentre la sto scopando allungo la mano a toccare la fica di Sonia, poi vengo e sborro mia moglie. Lei si pulisce subito. Ale prende il mio posto, le va sopra e prende a scoparla senza che lei faccia nulla per evitarlo anzi …sta godendo.

Mi prende un attacco di gelosia, mi alzo e la trascino fuori dal letto. La lascio li e vado in salotto. Mi sto rivestendo quando arriva mia moglie ancora nuda.

Si è resa conto subito che qualcosa non va e mi chiede: – cosa stai facendo? –

Sono incazzato nero e con disprezzo le rispondo: – io vado via, tu continua pure a farti scopare. –

Si riveste in tutta fretta e mi segue, vado via senza neppure degnarla di una parola, prendo la macchina e con mia moglie dentro vado a casa.

Durante il percorso mia moglie cerca di parlarmi e di calmarmi. Io invece continuo ad insultarla, ero accecato dalla gelosia. Mai avrei potuto immaginare che vedere la mia donna mentre si fa scopare da un altro invece di farmi eccitare mi avrebbe fatto l'effetto contrario.

– Taci puttana, ti stavi facendo scopare come una troia e ti piace anche "lesbicare"… dio come sei caduta in basso. – Le dissi io.

Ho sempre considerato mia moglie troppo intelligente. Capisce le cose al volo e sa quando non è il caso di replicare. Sono tanto arrabbiato che una volta a casa predo una coperta e vado a dormire sul divano.

L'indomani è Domenica. Mi lavo, mi vesto ed esco senza rivolgerle la parola. Rimasto solo comincio a riflettere e sento pian piano sbollire la rabbia. Comincio a pensare che è stata solo colpa mia… sono io che non ho retto alla vista della situazione che si è venuta a creare. Lei poverina non ha fatto nulla se non accettare la situazione per amore e perché quanto ci eravamo proposti di fare era solo sesso.

Quando torno a casa e cerco di parlarle, lei si è chiusa in camera e la sento piangere.

Vado dalla porta: – dai amore apri –

Insisto tanto che alla fine apre la porta e l'abbraccio forte.

– Amore scusami, sono un cretino… perdonami. – le dico io.

Sempre piangendo mi dice: – non pensavo che ci avresti sofferto dopo che ne abbiamo parlato tanto. Non potevo immaginare che ti avrebbe fatto male. Non dovevo accettare, hai ragione. Sono una puttana, scusami! Mi sento sporca, mi sento come se ti avessi tradito e io non volevo questo. –

– No amore sono io che sono un coglione. Forse non ero pronto ma ti prego… non ne parliamo più. – ribatto io.

Passò tutta la settimana tranquillamente non facemmo parola di quello che era successo. Il sabato pomeriggio uscii con la bambina.

Al ritorno mia moglie mi disse: – Ha chiamato Sonia. Vorrebbero che andassimo da loro, o venire loro da noi. Ne vorrebbero parlare. Non le ho dato risposta, che facciamo? –

– Tu cosa ne pensi? Certo mi sono comportato male, loro non c'entrano, è necessario che chieda loro scusa. Prepariamo una cena qua da noi. – risposi io.

Mia moglie replicò: – Senti facciamo cosi. Lasciamo la bambina dai miei e andiamo noi da loro, cosi possiamo parlare tranquillamente. Ora le telefono e andiamo. Vieni qua, mi stringe forte a sé. Mi vuoi sempre bene? Mi ami ancora? –

– Certo amore, tu sei unica. – le dissi.

Per cena siamo da loro. Siamo seduti sul divano e dopo un primo momento di imbarazzo comincio con lo scusarmi con loro per il comportamento poco appropriato avuto in precedenza. Ma non nascondo loro la verità. Mia moglie mi tiene per mano e mi guarda con amore. Finito di parlare Sonia viene a sedersi tra me e mia moglie, mi prende il viso tra le mani e mi bacia.

Poi dice: – allora mangiamo. Poi riprendiamo il discorso da dove lo avevamo lasciato sabato scorso. –

Sembrava più che altro una battuta. Ceniamo e conversiamo amabilmente mentre il vino scorre. Finito di cenare Sonia e mia moglie rassettano mentre io e Ale, seduti sul divano, ci versiamo da bere. Quando hanno finito, si siedono con noi.

Sonia non perde tempo e si rivolge a me: – allora sei pronto al grande salto? –

Mia moglie mi prende per mano e mi dice: – se non ti va lasciamo stare. –

– No amore, voglio farlo. – ribatto io.

Cominciammo a baciarci, toccarci e a metterci nudi. Andammo in bagno a turno per lavarci poi in camera da letto.

Sonia subito si portò sotto di me e mi disse: – dai, leccami un pò. –

Presi a leccarle la fica mentre suo marito le dava in bocca il suo cazzo da succhiare.

Mi dice quando sta godendo: – dai chiavami, non ne posso più! –

Io la monto e la scopo. Ale ha preso a leccare la fica di mia moglie che si allunga per baciarmi e mentre sta godendo sposta Ale, mi tira sopra di lei e mi dice: – scopami amore! –

La faccio girare alla pecorina, con Sonia sotto di lei che lecca la sua fica e il mio cazzo e quando Ale si porta davanti a mia moglie con il cazzo duro lei comincia a leccarglielo anche se non riesce a ingoiarlo del tutto per quanto è grosso.

Andiamo avanti così per un pò, poi Ale lascia mia moglie e afferrata Sonia la fa mettere a pecorina e la incula. Le nostre donne sono tutte e due a pecorina, testa a testa, e si baciano mentre noi continuiamo a scoparle.

Sono ormai al limite, mia moglie se ne rende conto e si sfila: – no amore, non ancora. Non sono pronta. –

Mi bacia e mi tocca. Ale molla la moglie per scoparsi la mia sempre alla pecorina. Vederla scopare con Ale e prendersi dentro tutto quel cazzo mostruoso mi fa eccitare ancora di più. Mi porto davanti a lei che chiama Sonia e insieme portano a termine un pompino che mi porta a sborrare su di loro. Anche Ale con un grugnito viene nella fica di mia moglie imbrattandola tutta.

Ci diamo una pulita e riprendiamo, quella sera ne abbiamo fatte di tutti i colori. Io sono venuto 5 volte, passando il mio cazzo da una fica all'altra e da una bocca all'altra. Ale si è scopato mia moglie tutto da solo facendola godere come non mai mentre io li guardavo e mi inculavo Sonia con rabbia e cattiveria.

Sonia mi ha fatto un pompino fino alla fine e dopo che le sono venuto in bocca ha baciato mia moglie passandole il mio sperma che lei ha ingoiato tutto.

E' stato eccitante scopare mia moglie a pecora mentre lei leccava la fica di Sonia la quale a sua volta faceva un pompino al marito. Dopo 4 ore di sesso sfrenato io e Ale eravamo così sudati, stanchi, sfiancati e svuotati che abbiamo lasciato le nostre donne a "lesbicare" tra loro guardandole per un po'. Poi una doccia e via! A casa, sazi e contenti.

Appena messo piede in macchina mia moglie mi tira a se mi bacia con passione.

Mi ringrazia e poi mi chiede se mi è piaciuto.

Si amore, e a te? – le chiedo.

Tanto ne abbiamo parlato per tutto il tragitto che ci siamo eccitati di nuovo a vicenda.

Mia moglie mi toccava il cazzo duro e mi diceva: – appena arrivati a casa voglio fare sesso solo noi due. –

Lo abbiamo fatto di nuovo io e lei da soli, nel nostro letto, fino a quando, sfiniti, ci siamo addormentati sazi.

Il Sabato per lungo tempo divenne il nostro giorno. Lo facevamo anche di pomeriggio, dopo aver lasciato i ragazzi al cinema. Ci siamo anche scambiati le donne, scopandole in camere separate per poi stare insieme e raccontarcelo.

E' stata una esperienza unica. Solo con degli amici come loro si può fare una cosa del genere.

3

SCONVOLTI DALLA LIBIDINE

Mia moglie è una calda 50enne vogliosa con la quale ho assaporato per la prima volta un'esperienza sconvolgente. Da tanto tempo Anna è corteggiata in modo gentile e discreto da un nostro comune amico di nome Paolo. Paolo ha solo 30 anni ed è quindi molto più giovane di noi.

Dietro mio incitamento, ho spinto Anna ad invitare Paolo a casa nostra per una cena tra amici. Finito di cenare, ci siamo trasferiti sul divano. Lì Paolo, con la mia complicità, ha iniziato a baciare mia moglie con la lingua in bocca e poi ad infilarle le mani sotto la gonna carezzandola voglioso. Vedevo che Anna era letteralmente stravolta dal desiderio ma non osava dire una parola. Lo ricambiava però eccitatissima e, aiutata da me, si è lasciata spogliare lentamente con Paolo che già infoiatissimo le infilava piano il suo cazzo in bocca.

Non potevo credere ai miei occhi a vedere questa scena, giuro! Sentire Anna gemere e ansimare con un altro mi procurava una libidine paurosa. Sono arrivato persino a spingerla e ad incitarla per farsi scopare da lui. Se ne stava sdraiata a gambe aperte, io le leccavo la figa e lei ciucciava ormai vogliosa il cazzo gonfio e duro di lui.

Arrivati a questo punto Paolo aveva ormai il cazzo turgido e aspettava solo di potersi chiavare la mia bella mogliettina. Lei era completamente eccitata e ad un certo punto mi ha chiesto se per me andava bene che Paolo glielo mettesse dentro e la scopasse. Io naturalmente ho acconsentito. Paolo ha affondato subito il suo grosso membro tutto dentro la figa bagnata di Anna ed ha iniziato a chiavarla senza preservativo. Era sconvolto dalla libidine. Anche Anna lo era. Si muoveva vogliosa sotto di lui e ci provava gusto. Aveva un fremito ogni volta che Paolo la scuoteva con i suoi poderosi affondi. Ero letteralmente assalito dalla libido più sfrenata mentre lui la scopava oscenamente.

A un certo punto ho deciso di aggiungermi a loro. Mi sono sistemato tra le gambe di Anna e cercavo di slinguarla tutta mentre lui la montava. Potevo sentire quanto il cazzo di Paolo sfondasse di brutto mia moglie. Stravolto dal piacere avevo il membro gonfio di libidine e con la lingua sentivo quello di Paolo che scivolava nella figa di Anna. Lei gemeva vogliosa e si lasciava fuggire frasi di godimento semi-strozzate.

Ad un certo punto sento lei gridare: "vengo…vengo.."

e Paolo, mugolando: "vuoi che ti vengo dentro?"

Anna rantolando: "oh!!! Si, fammi sentire il tuo seme, mi piace da morire giuro!!!"

Con fremiti intensi, la sento godere, mentre lui inarcandosi completamente scarica il suo sperma caldo e denso che lei sente tutto dentro di sé. Quando estrae fuori il suo cazzo sento la mia lingua tutta impregnata di sperma caldo e densissimo. Continuo a leccare la figa mia moglie e sento che lei geme di piacere mentre la ripulisco dal seme di Paolo. Per la prima volta ho potuto assaporare la sborra che mia moglie ha accolto dentro di lei e devo confessare che ne sono rimasto alquanto stravolto, sia per il sapore un pò acidulo sia per la grande quantità che le ha scaricato dentro.

Non immaginavo neanche lontanamente che potesse essere talmente eccitante vivere quel tipo di esperienza. Anna per un po' è rimasta sconvolta, non riusciva a dire una sola parola. Ma da qual giorno è stato un crescendo di emozioni perchè con Paolo ci siamo rivisti altre volte e con mio grande piacere mia moglie si è fatta scopare anche nel culo. Il nostro rapporto si è ulteriormente rafforzato e ora la vedo sempre più felice e soddisfatta.

Consiglio ai mariti di mentalità aperta di provare almeno una volta questo tipo di esperienza. A me è servita tanto per rafforzare l'affetto tra me e mia moglie.

4

APPUNTAMENTO AL CINEMA

Siamo sposati da cinque anni e Luca, mio marito, ha una fantasia erotica sfrenata che mi diverte e mi sorprende piacevolmente: gode nel vedermi godere fra le braccia di altri. Come qualche giorno fa. Sono sola in casa e lui è al lavoro, mi chiama nel primo pomeriggio e dice di essersi liberato dall'ufficio. Mi chiede se mi va di giocare, mi invita a vestirmi molto sexy e raggiungerlo in un cinema a luci rosse. Lui sarà già dentro ad aspettarmi con delle piacevoli sorprese. L'invito mi sorprende, mai eravamo entrati in un cinema di quel tipo, sono curiosa, eccitata e non sto nella pelle! Mi trucco e mi vesto in un lampo, indosso una leggera camicia trasparente e poco abbottonata, un gonnellino plissettato molto, molto corto, un paio di autoreggenti, un paio di scarpe con il tacco alto, niente intimo, copro tutto con un trench ed esco. Arrivo al cinema, mi avvio verso il botteghino, pago e chiedo se c'è molta gente, il cassiere gentilissimo risponde "poca".

Mi avvio verso la sala, scosto la prima tenda, scosto la seconda che è a due passi dalla prima ed entro, la sala è buia, tolgo l'impermeabile e mi fermo un attimo per abituare la vista al buio senza accorgermi che un tipo si scosta dal muro alle mie spalle; si avvicina, poggia la mano sul culo da sotto la gonna e insinua un dito nel solco delle mie natiche, mi giro e sto per reagire a quell'invadenza ma mi blocco, non sarà una delle "piacevoli sorprese"? Lo guardo, è un bel ragazzo di colore, alto e con un lucente sorriso, ricambio il sorriso e mi rigiro verso la sala con un leggero movimento che mi consente di allargare un poco le gambe in modo da rendere più agevole il lavorio della sua mano e, con lo sguardo, cerco sul lato destro della sala mio marito. Vedo la sua testa, è li seduto nella fila dove ci eravamo messi d'accordo, intanto il ragazzo alle mie spalle incoraggiato dalla mia condiscendenza continua a muovere il suo dito dal basso in su carezzando delicatamente le labbra della vulva su fino alleano con un movimento leggero e eccitante che mi fa tremare le ginocchia. Dò uno sguardo intorno, sullo schermo scorrono le immagini di una donna che si sta facendo inculare da uno dotato di una verga enorme, la sala è quasi vuota, le file non sono occupate interamente, non vedo donne, solo uomini seduti lontani tra loro, le prime file e le centrali sono le più piene. Come d'accordo, lui mi aspetta nella terzultima fila in fondo, non vorrei ma devo liberarmi del ragazzo alle mie spalle che nel frattempo sentendo l'umido dei miei umori fra le grandi labbra, aveva già inserito il suo dito medio a carezzarmi l'interno della vagina, mi libero girandomi con tutto il corpo verso di lui e, regalatogli un casto bacio sulle labbra, mi allontano con passo svelto verso il mio uomo.

Ancheggio in modo provocante, la gonna svolazza allegramente ad ogni passo, i miei seni sono liberi, coperti solo dalla leggera, trasparente e poco abbottonata camicia, l'ambiente mi piace e le mani dello sconosciuto passate fra le mie cosce mi hanno eccitata, sento un calore risalire dal nudo inguine lungo la schiena fino alla testa, mi sento troia, voglio essere troia. Arrivo alla mia fila. Luca mi segue con gli occhi, è seduto alcune poltrone più in là e per arrivarci devo passare davanti ad alcune persone.

Il tizio seduto all'inizio non mi nota subito, quando gli chiedo permesso gira la testa, mi squadra da capo a piedi, forse non si aspettava una donna, vedo che si mette la giacca sulle gambe e si alza per farmi passare tenendo sempre la giacca davanti a lui a coprire il membro con cui stava senz'altro giocando. Entro nella fila dandogli le spalle, ora il mio sedere è proprio all'altezza della sua giacca che in quel momento sposta con la mano sinistra lasciandola cadere sulla poltrona accanto mentre la destra la appoggia alla spalliera della fila davanti impedendomi di proseguire, con la mano libera mi solleva la gonna, flette le ginocchia e spinge il suo cazzo fra le mie natiche senza penetrarmi ma sfregandolo fra le labbra ancora umide della mia vulva nuda, stimolandomi il clitoride, solo per un momento, quattro o cinque volte, quanto basta per farmi sentire quanto è grosso e duro, poi mi lascia passare.

Proseguo oltrepassando due posti vuoti, arrivo al terzo e seduto c'è un altro uomo, mi vede, noto che armeggia anche lui con la giacca, gli chiedo permesso, ma lui a differenza dell'altro non si alza, apre le gambe e si tira indietro sulla poltrona lasciando un piccolo spazio fra il suo ginocchio e le spalliere davanti, così per oltrepassarlo dandogli le spalle, sono costretta ad avanzare prima con la gamba destra e poi con la sinistra sbilanciandomi in avanti. Nel farlo porto il sedere all'altezza della sua faccia, la gonna è molto corta e si vedono chiaramente le autoreggenti. Da quella posizione può sicuramente vedere molto di più. Mentre sto per far passare la gamba sinistra, sempre sbilanciata con il busto in avanti, sento una mano a palmo pieno fra le mie cosce, le sue dita si serrano a coppa intorno alla vagina e con il pollice tenta di violarmi l'ano. Cerco di liberarmi agitando i fianchi mentre con lo sguardo cerco mio marito che osserva la scena con un'espressione beata, l'altro intanto non molla la presa, anzi il mio divincolarmi ha facilitato l'introduzione del suo pollice, non nel culo dove ci stava provando prima, ma in fondo, molto in fondo alla vagina, un brivido di piacere mi percorre la schiena, vorrei fermarmi e lasciarlo fare, ma resisto e finalmente lo scavalco. La gonna svolazza, ancora uno da passare poi raggiungerò il mio uomo.

Passo i due posti vuoti, arrivata davanti al terzo tizio allungo la gamba per passare. Lui è quasi sdraiato, non si muove, anzi vedo che tiene il cazzo ben stretto in mano continuando a menarlo.

Non so che fare, Luca è li due posti più avanti, incrocio i suoi occhi, mi sorride, leggo nel suo sguardo che quello che sta succedendo gli piace. Veramente quanto mi sta accadendo istiga anche la troia che è in me, ci sto provando gusto, questo gioco mi esalta. Alzo la gamba per scavalcarlo, non si muove continua a masturbarsi, ormai sono a cavalcioni sulle sue gambe, sto per alzare la seconda quando mi prende per i fianchi, perdo l'equilibrio e casco seduta su di lui, sul suo cazzo duro. Mi agito, lui mi tiene ferma, porta una mano davanti e mi esplora la figa. Smetto di muovermi, lo lascio fare, mi appoggio con la schiena a lui, aprendo bene le gambe. Sono proprio una troia, lui entra con due dita nella mia vulva, la esplora, i capezzoli mi fanno male dalla voglia, giro la testa verso il mio uomo, vedo che si alza e viene verso di noi, so che lui gode di queste situazioni, infatti si siede a fianco e allunga anche lui una mano sulle mie tette. Ora sono presa tra un maschio che non conosco e mio marito. Lo sconosciuto molla la mia figa e lo sento armeggiare con il cazzo. Mi penetra prepotentemente, da dietro, spinge forte, il mio uomo mi tira fuori una tetta, mi sento davvero una troia impalata sul cazzo di uno sconosciuto e con mio marito che mi strapazza una tetta li in mezzo alla gente nella sala di un cinema.

In breve lo sento venire dentro di me e i suoi ultimi colpi profondi mi provocano un orgasmo pazzesco, cervellotico, a causa o in virtù soprattutto della forte carica erotica dovuta a quella quantomeno strana situazione e godo, godo insieme a lui. Ma non mi basta, ho ancora voglia di cazzo, tanta voglia, mio marito lo sa, mi prende per mano, mi fa alzare dal cazzo ormai moscio dello sconosciuto e con la figa grondante lo seguo. Mi porta nei bagni, mi fa spogliare, poi esce. Sono li nuda, mi ripulisco con della carta, so che presto sarò soddisfatta, infatti non ho nemmeno finito di asciugarmi che vedo entrare lui insieme ai due maschi che erano seduti nella stessa fila e che prima mi hanno solo toccata. Io sono li a figa nuda, con la camicia ormai aperta e le tette fuori, loro mi guardano. Hanno voglia, quanto è successo poco prima deve averli eccitati. Tirano fuori i loro cazzi, sono duri, mi si avventano addosso e mi scopano, mi piegano a novanta gradi, uno si mette dietro e senza troppi preamboli mi forza lo sfintere, sto per urlare ma non faccio in tempo, l'altro mi si mette davanti e me lo mette in bocca. Sono piena di cazzo, mi sbattono a ritmo, uno affonda nel culo e uno in bocca, che bello. Mi masturbo con rabbia, quello dietro fotte, fotte e mi schiaffeggia le natiche, mugolo in quanto ho la bocca piena.

Sono duri a venire, vengo una prima volta e loro niente poi quasi insieme mi riempiono. Sento i loro getti caldi entrare in me, quello davanti quasi mi soffoca, ho la bocca piena e mi cola giù dalle labbra. Sento lo spruzzo forte e deciso entrare, mi riempie e lo percepisco caldo e denso. I due tipi si ripuliscono e prima di andarsene si congratulano con il mio uomo per la bella troia che gli ha portato. Io sono felice della "piacevole sorpresa" e la mia riconoscenza si manifesta regalandogli un delizioso e profondo pompino. Mi ripulisco e stiamo per avviarci verso l'uscita quando gli chiedo del ragazzo di colore. Luca casca dalle nuvole, "non ho invitato altri oltre a quelli con cui hai goduto".

Mi viene un'idea, voglio contribuire al gioco con una mia iniziativa, gli chiedo di sedersi un attimo e aspettarmi, mi guarda con aria interrogativa, lo rassicuro con un sorriso, gli do il mio trench e lo spingo a sedersi, vado alla ricerca del ragazzo di colore e lo trovo lì appoggiato al muro dove l'ho lasciato. Lo prendo per mano e lo porto tra le due tende dell'ingresso. L'ho spinto contro la parete e gli sono saltata addosso. Lui mi ha infilato la sua enorme lingua in bocca, mi ha strizzato le tette, ha insinuato un dito nel mio culo, ha sfoderato un bellissimo e grossissimo cazzo su cui, chinandomi, mi ci sono buttata famelica ad ingoiarlo e succhiarlo con passione, poi mi ha sollevata in alto e mi ha lasciato cadere impalandomi su quella verga rigida e nera come il mogano. Le braccia intorno al suo collo, le gambe in alto, le ginocchia poggiate alla parete, inizio un movimento di sali-scendi su quel'enorme palo, lo sento fino in gola. Ricomincio a godere, sembro assatanata, scuoto la testa come a staccarla dal collo, poi due mani si posano sui miei fianchi e mi fermano così impalata: è Luca che ci ha raggiunti e con il suo cazzo si fa strada nel mio culo e quando sento che è arrivato in fondo ricomincio il movimento che avevo interrotto.

Godo, godo, ho il sangue agli occhi, alla testa, vengo dal fondo del mio essere e mi sento svuotata. Vengono anche loro, prima il ragazzo che mi riempie con una quantità enorme di caldo sperma, poi il mio uomo assestandomi gli ultimi colpi violenti che lo portano all'orgasmo. Sono pienamente appagata, i maschi sono sgusciati esausti dal mio corpo e io sono corsa in bagno a ripulirmi.

Usciamo sorridenti e soddisfatti e dopo un aperitivo al nostro solito bar ci avviamo verso casa dove senz'altro, dopo cena, ci aspetta una serata di sesso sfrenato ricordando e raccontandoci ogni istante e ogni stimolo di quel pomeriggio passato al cinema a luci rosse.

5

LA GONNA DI KATIE

L'auto ha percorso una lunga strada a senso unico e si è fermata davanti a un vecchio edificio. "Qui è dove raggiungerai il nirvana", mi sono ripetuto.

Sono sceso dalla macchina per raggiungere Katie e anche se mi sentivo smarrito.

Il luogo del nostro appuntamento sembrava uscito da un vecchio film bianco e nero, un corridoio buio, una scala di legno con gradini consunti saliva al primo piano e conduceva a un piccolo pianerottolo. A destra e a sinistra un corridoio, ancora poco illuminato, separava diverse stanze. Davanti, sul pianerottolo, era aperta una porta. La luce emanava dalla stanza, così come il suono di un televisore. E lì era lei, pronta ad accogliermi e farmi vivere la notte più lunga e avventurosa della mia vita.

Con la minigonna in lattice nera e gli stivali sembra avermi proiettato già in un'altra dimensione, ma starò facendo la cosa giusta!? Il dubbio non era più consentito. Mi sono guardato intorno e lei si è morsa il labbro. Sapeva di essere sexy, mi chiedevo se molti uomini avrebbero voluto cavalcare con questa piccola escort, eppure c'ero io lì in quel momento. Il mio respiro ha accelerato, avevo paura, un momento di panico. Katie mi ha riportato alla realtà.

– Andiamo Carlo, lo abbiamo organizzato in ogni piccolezza questo incontro.

– Sono spaventato a morte. Katie, ho paura. Mi vergogno.

– Non preoccuparti, andrà tutto bene, ci siamo passati tutti. Però adesso il nostro momento è arrivato, evita di sprecare tutte le tue energie frignando, perché non durerai la notte. Lei rise piano.

L'ho seguita lungo il corridoio. Mi ha sorriso mentre mi stava accanto. Il mio cuore ha cominciato a battere più velocemente. Siamo tornati giù per le scale. Nel corridoio al piano di sotto siamo passati affianco ad una giovane donna bruna con un uomo, i quali stavano salendo. Lei mi ha guardato e ci siamo scambiati un piccolo saluto e un sorriso che voleva essere complice.

Ho visto altri uomini salire. Alcuni ci hanno guardato. Altri, la maggior parte di loro, sono passati senza nemmeno guardarci, senza vederci, quasi come se fossimo invisibili. Per loro probabilmente dovremmo esserlo, non lo so. Rispetto a loro, mi vergognavo. C'era qualcosa di malsano ma anche di terribilmente perverso, erotico nei miei occhi. Ero diventato una merce. Una merce che guardiamo, dalla cui freschezza giudichiamo la qualità. Ero diventato un oggetto sessuale che potresti affittare. Vendevo il mio corpo, nonostante fossi io a pagare quella donna.

– Ti stai mettendo a nudo?

Mi morsi le labbra, mi tremavano le gambe. Ho trovato difficile rispondere. L'ho guardata.

– Va tutto bene, andiamo.

Stavo per svenire di nuovo. Ho guardato Katie e ci siamo scambiati una breve occhiata d'intesa, sapevamo entrambi nei prossimi minuti cosa sarebbe successo.

– Ecco, spogliati completamente. Le dico

Mi ha guardato mentre si sbottonava la camicia. Mi sono sentito arrossire. Una piacevole palla di angoscia e desideri è nata alla bocca dello stomaco. Per me la situazione era tanto imbarazzante quanto eccitante. Mi sono tolto la giacca e l'ho messa sullo schienale della sedia. Non staccava gli occhi da me mentre si spogliava. Mi sono seduto sul letto e ho sentito l'erezione palesarsi quando lei ha cominciato a togliersi gli stivali uno per uno dopo aver aperto delicatamente le cerniere. Le ho guardato le cosce, il seno. Mi sono abbassato i pantaloni dopo essermi tolto le scarpe. Le ho voltato le spalle per toglierle la minigonna.

Si è spostata per aspettarmi sul letto, evidentemente abituata a questo tipo di relazione. Questo mi ha rassicurato, non sapevo come chiederglielo. Mi sono fatto avanti.

– Mettiti a nudo, togliti anche le calze.

Ero confuso. Non appena sul letto ha preso il mio pene in mano e mi ha guardato. Il mio pene non era ancora duro. Ho provato ad applicarmi, a fare come Katie mi aveva detto. Le ho accarezzato i capelli sulle spalle, la sua mano è scesa sulla mia schiena sino ai miei fianchi. Di tanto in tanto i nostri occhi si incontravano specchiandosi.

La situazione per me era senza precedenti. Era l'imbarazzo più che la vergogna, il desiderio era presente alla bocca dello stomaco. La mia mano sul suo sedere, la sua bocca sul mio uccello. Non era una da convenevoli la ragazza. Sono venuto.

Io che avevo aspettato, che avevo fantasticato su questi momenti, su questo preciso momento per giorni. Stavo per godermi un altro orgasmo. Si è mossa lentamente su di me, come una vera professionista della cavalcata. Ho chiuso gli occhi, ho cercato di respingere questo desiderio che sentivo sorgere. Con la testa sopra la mia, mi ha guardato, stregandomi.

I suoi movimenti sono diventati più veloci, molto più veloci e più forti. Il mio respiro è accelerato, mi sono lasciato andare allargando le braccia sul letto, aggrappandomi ai bordi del materasso per trattenermi. Ho chiuso di nuovo gli occhi, contraendo il viso in una smorfia di dolore. Non sono riuscito a trattenere alcuni gemiti. Il mio respiro, che diventava sempre più forte e veloce, tradiva la mia condizione. Ogni colpo ai reni mi avvicinava all'orgasmo che sentivo crescere. Le ho stretto il seno ancora più forte, cercavo di incrociare la mia bocca con la sua. Ha girato la testa da destra a sinistra per evitare le sue labbra sulle mie. Non voleva che la baciassi.

– Lasciati baciare Katie.

Ho sentito che l'orgasmo era molto vicino. Mi ha tenuto la testa con una mano. La sua bocca è caduta quasi accidentalmente sulla mia, rinunciando di fatto alla lotta. La sua lingua sapeva di sigaretta fredda. Mi ha dato due o tre spinte ancora più forti. Quasi contemporaneamente l'orgasmo mi ha liberato da una tensione che era diventata troppo forte.

Mi ci sono voluti alcuni secondi per riprendere i sensi. Ero riuscito a trattenermi e a respingere il secondo orgasmo quasi dall'inizio. Mi sentivo bene, rilassato e sollevato. L'ho allontanato delicatamente. Si alzò, guardandomi in modo strano.

Ognuno di noi si è vestito da solo. La guardai rifare il letto, rimettere il copriletto. Ho aperto la porta, lei mi ha seguito. Siamo scesi insieme le scale, mi ha lasciato senza nemmeno voltarsi indietro.

6

ADRIANA

Adriana mi guardava con lo stesso sguardo malizioso che aveva da bambina. D'altronde, il suo viso da topolina non era cambiato molto.

Ero imbarazzato e non sapevo cosa dire. L'ultima volta che l'avevo vista, prima che partisse per la Russia, era una ragazzina. Ora di fronte a me, sorseggiando distrattamente il suo caffè, c'era una giovane donna, attraente, in cui riconoscevo similarità con la madre che non avrei mai potuto notare quando era bambina.

Ci eravamo incontrati casualmente, nella nostra città natale: lei era lì per visitare i nonni e io in un raro giorno di passaggio prima di tornare all'estero. Incrociati per le vie del centro, avevamo deciso di prendere un caffè veloce per aggiornarci sulle nostre vite.

Mi aveva raccontato che dopo le scuole in Russia era tornata per fare l'università in Italia, e ora lavorava a Roma. Io le avevo raccontato delle mie peregrinazioni all'estero e che ancora non sapevo cosa avrei fatto, finito il dottorato.

Ora però mi trovavo a corto di argomenti, e il suo sorrisino malizioso mi suggeriva che l'argomento poteva diventare imbarazzante da un momento all'altro. D'altronde, io e Adriana condividevamo un paio di segretucci molto particolari.

Le nostre vite però avevano preso direzioni completamente differenti da allora. Eravamo quasi estranei ora, e io non mi sarei mai sognato di toccare argomenti così sensibili.

Lei era di tutt'altro avviso.

-Allora, ti ricordi dei nostri incontri segreti nei bagni?

Adriana andò dritta al punto. Ridacchiai imbarazzato abbassando gli occhi. Certo che ricordavo dei nostri incontri segreti in bagno.

Era l'ultimo anno di elementari e, dopo aver passato le vacanze invernali insieme in Russia, io e Adriana avevamo scoperto che ci piaceva un sacco pomiciare.

Io ero fidanzato con la sua sorella maggiore, della mia età, con cui ci stringevamo solamente le mani. Ma con Adriana era diverso. Adriana mi aggrediva, non appena eravamo soli: mi saltava addosso e mi baciava in bocca con infantile fervore.

Siccome ero il fidanzatino della sorella, e siccome lei era più piccola, la nostra "storia" doveva rimanere segreta. Per questo motivo ci incontravamo nei bagni deserti della palestra, durante la ricreazione dopo pranzo. Pomiciavamo per lunghi minuti. Poi fuori a giocare con i rispettivi compagni, per non dare nell'occhio.

-Certo che ricordo, Adriana.

Adriana, che da bambina diceva sempre quello che voleva senza giri di parole e apparentemente non era cambiata, andò dritta al punto.

-Andiamo a pomiciare in bagno in memoria dei vecchi tempi?

Lo disse mentre stavo finendo il caffè e quasi soffocai. Quella domanda, così inaspettata e a bruciapelo, mi fece saltare il cuore a mille.

-Beh…

Ridacchiai ancora più imbarazzato

-…Perché no?

Senza accorgermene eravamo nel piccolo bagno del bar a baciarci con foga.

Questa volta non erano baci infantili. La tensione sessuale era evidente. Mentre le nostre bocche si contorcevano sinuose attorno alle lingue guizzanti, le mani si spingevano a esplorare il corpo dell'altro.

Le stavo baciando il collo con avidità quando mi sussurrò in un orecchio:

-Pensi di meritarti ancora la punizione?

La punizione…

La punizione era il nostro segreto più grande, un tabù, e nessuno sarebbe mai dovuto venirne a conoscenza.

Un giorno, alcuni miei compagni di classe, che avevano intuito parzialmente quello che accadeva tra me e Adriana, ci presero in giro accusandoci di essere innamorati. Io mi vergognai tremendamente e negai tutto, aggiungendo che mai avrei baciato Adriana perché era troppo brutta. Cominciai a prenderla in giro davanti a loro, e lei scappò in lacrime.

Dopo questo episodio, per molto tempo non eravamo più andati ai bagni, anche se ero andato a chiederle scusa il giorno stesso.

Poi un giorno mi disse che aveva pensato alla punizione giusta per poter fare pace.

Adriana si stava abbassando i pantaloni ancora prima che rispondessi, frastornato dall'eccitazione,

-Sì… penso di meritarmela di nuovo…

Mi inginocchiai, mentre lei si girava e si abbassava le mutande, mettendomi il bel sedere davanti alla faccia. Si divaricò le chiappe con le mani e disse:

-Allora baciami il culo, bambino cattivo.

Mi portò nel solito posto, in uno dei gabinetti dei bagni della palestra, completamente deserti durante i pomeriggi primaverili: i bambini erano tutti in cortile a giocare. Assicuratasi che il chiavistello della porta del cubicolo fosse serrato, mi aveva finalmente spiegato la natura della punizione. Il viso fanciullesco era solcato dal suo tipico sorriso malizioso e manipolatore. Se volevo baciarle ancora la bocca, avrei dovuto baciarle qualcos'altro prima: il buco del sedere.

Tali parole mi misero in un attonito imbarazzo. Una parte di me, quella che all'epoca era la nascente, acerba eccitazione sessuale, rimase affascinata dall'idea. Tuttavia, pensando che fosse solo una provocazione, cercai di mostrarmi scioccato e disgustato.

Adriana, però, non sembrava scherzare e sicuramente non era intenzionata a cedere facilmente. Ignorando le mie deboli lamentele, senza dire niente si era girata e si era calata i pantaloncini in tessuto elasticizzato e gli slip. Le parole mi morirono in bocca mentre la osservai, incredulo, portarsi le manine sui glutei paffutelli e allargarli un poco, in modo da mostrare l'ano.

-Scegli tu: o lo baci, o non ti bacio più.

Ero letteralmente terrorizzato e il cuore mi batteva a mille. Allo stesso tempo sapevo benissimo che la mia parte più trasgressiva voleva farlo disperatamente. Esitai, ma infine mi inginocchiai meccanicamente, e con il cuore in gola appoggiai la bocca sul pertugio.

Non ebbi il tempo di realizzare quanto stava accadendo che Adriana, evidentemente preparata, mi costrinse la faccia nel sedere con una mano e mi mollò una piccola e forzata scoreggia in bocca.

Accadde così rapidamente che non realizzai immediatamente cos'era successo. Sentii le guance gonfiarsi e la necessità di tossire ancora prima di sentirne la puzza. Mi separai a forza dalle natiche che premevano sulla mia bocca e sul mio naso, cercando di prendere aria mentre tossivo disgustato. Adriana rideva incontrollabile, quasi con crudeltà.

In quel momento capii che Adriana non era una bambina come le altre.

Per la prima volta dopo vent'anni, la mia bocca si trovava di nuovo a contatto con quel pertugio rosato. Ne avevo riconosciuto immediatamente la fisionomia, poiché l'immagine di quel buchino mi era rimasta impressa indelebilmente, rinforzata dallo shock e l'eccitazione. Ora però si trattava dell'ano maturo e intrigante di una giovane donna, contornato da un culo dalle forme perfette.

Lo leccavo meccanicamente, non sapendo se a un certo punto mi sarei dovuto aspettare un rilascio gassoso, come allora. Non sapevo se essere eccitato o disgustato all'idea. La risposta arrivò in poco tempo.

-Scusami, niente puzzette per te oggi, non me ne viene nessuna… tu però leccami in profondità tesoro…

Adriana pronunciò queste parole con fare puerile, mentre si chinava in avanti e si allargava ancor più i glutei.

Non me lo feci ripetere e cominciai a fotterle il culo con la lingua. In quella posizione entravo ed uscivo con facilità, mentre lei ansimava sotto le mie spinte delicate.

-Ah… Ah…. perché non me lo scopi, questo culo?

Era esattamente quello che stavo pensando. Il mio cazzo era duro come marmo. Mi alzai e mi slacciai i pantaloni. In un attimo il cazzo era libero ed incuneato verso la meta.

Fece un piccolo verso di desiderio quando appoggiai la cappella sullo sfintere. Il pertugio era madido della mia saliva e non necessitava ulteriori lubrificazioni. Spinsi appena, e in un sol colpo il mio pene era dentro il suo retto. Ansimammo di piacere e sorpresa allo stesso tempo, guardandoci per un momento, prima che cominciassi a fotterla con fervore, ruggendo e ansimando. Il mio pene andava dentro e fuori come un coltello rovente nel burro.

Sentii qualcuno bussare e urlare qualcosa dall'altra parte della porta. Qualcuno ci aveva sentito e probabilmente aveva chiamato il barista. In quel momento però non poteva importarmene di meno; volevo solo fottere il culo di Adriana con tutta la forza che avevo in corpo.

Venni spasmodicamente dopo parecchie pompate, ruggendo come un leone. Adriana ansimava sfinita, io quasi non mi reggevo in piedi. Ci ricomponemmo con grande sforzo e uscimmo dal bagno.

Come preventivato, ci sbatterono fuori dal locale a spintoni e male parole. Non avevo alcuna intenzione di ribattere e fortunatamente riuscii ad evitare la rissa.

Una volta fuori ci mettemmo a ridere come coglioni. Per l'ennesima volta, mi guardò col suo viso malizioso.

-Dai, vieni. Andiamo alla mia macchina…

Io la seguii senza degnarla di una risposta preso solo dall'eccitazione del momento. Mi riportò a casa e non ci vedemmo più.

7

UN POMERIGGIO INDIMENTICABILE

Andrea e Alice sono una coppia di fidanzati da 6 anni, conviventi e con un futuro da passare insieme con il matrimonio.

Andrea ha 32 anni, alto distinto con un lavoro che lo tiene fuori casa tutto il giorno.

Alice, invece, lavora come cameriera in un bar e , purtroppo con il Covid ha dovuto rimanere a casa perché il bar dove lavora ha risentito della pandemia ed ha chiuso .

Alice è una donna di 31 anni, alta 157 cm, 46kg di peso, capelli lunghi e neri, occhi neri, veste abbastanza normale, intimo usa quasi sempre reggiseno di pizzo e mutandine perizoma o tanga. Il seno ha una terza misura, fica carnosa e non proprio depilata del tutto ma con striscia di pelo sopra, culo piccolo, sodo e ben ritto.

. . .

Usa vestire molto casual ma ogni tanto non disdice qualche vestitino attillato per esaltare le sue forme , porta quasi sempre calze a rete autoreggenti e scarpe con tacco abbastanza alto.

Sessualmente è una donna aperta a tutto, ma il culo è l'unica parte del corpo che non ha mai concesso a nessuno.

Alice, non lavorando, ha accettato la richiesta di una famiglia senegalese, che abita nel solito condominio di loro, di aiutare in italiano la figlia di dieci anni .

Le lezioni si svolgono quasi tutti i giorni dalle 14 alle 16 e qualche volta la mattina, quando la bimba è a casa.

A riprendere la piccola vanno, alternativamente, il babbo , di nome Omar , e lo zio della bimba, di nome Faty, solamente qualche volta si sono presentati insieme.

I due uomini hanno circa 40 anni, altezza poco meno di 190cm , longilinei di carnato non proprio scuro e con un fisico prestante e muscoloso.

In casa Alice si veste sempre molto comoda con jeans, camicetta e felpa; solamente qualche volta ha indossato vestitini sbracciati con calze a rete ed ha notato che i due uomini quando vanno a riprendere la bimba le scrutano più attentamente il corpo.

Un giovedì pomeriggio, Alice invita i due uomini e la bimba a rimanere da lei per prendere un tè; Omar e Faty insieme alla piccola accettano volentieri.

Si accomodano in soggiorno, Alice è vestita con minigonna, calze a rete e camicetta senza reggiseno.

La donna va in cucina a preparare il tè; si avvicina al mobile per prendere il bricco per l'acqua ma non ci arriva.

La scena viene vista dai due uomini e Omar si alza ed essendo alto, si avvicina a Alice e da dietro di lei riesce a prendere quello che serviva.

Omar inconsciamente si appoggia al corpo di Alice, la donna prova un brivido perché sente pigiare contro il suo culo una protuberanza che mai avrebbe immaginato e diventa rossa in viso. Omar si accorge che Alice muove sinuosamente il corpo per adattarsi alla forma del suo cazzo.

Passato qualche secondo di imbarazzo, Omar si scosta e Alice si gira, prende la teiera e mette l'acqua; il pomeriggio passa senza altri sussulti.

Rimasta sola, ripensa a quanto accaduto e rimane esterrefatta della sensazione che ha provato; mette una mano sotto la gonna e sente che il perizoma indossato è tutto bagnato.

La notte Andrea ed Alice fanno sesso e lei non riesce a non

pensare all'eccitazione provata nel pomeriggio e riesce a godere tre volte .

Le giornate passano e le ripetizioni terminano con l'estate, ma all'inizio di settembre le viene richiesto di dare delle nuove lezioni alla bimba.

Settembre è un mese caldo e dopo le lezioni Alice fa una bella doccia rinfrescante.

Un pomeriggio, dopo che era andata via la piccola, Alice entra in doccia ma appena apre l'acqua sente suonare il campanello.

Pensa che sia Andrea che rientra prima dal lavoro e si è scordato le chiavi per entrare.

Cerca di fare veloce, si mette l'accappatoio e esce dal bagno..

Apre la porta e , con sorpresa vede che sulla porta ci sono Omar e Faty.

Loro le dicono che Omar non riesce a trovare il cellulare e le chiedono se fosse rimasto sul tavolo quando è venuto a prendere la figlia.

Alice li fa accomodare e va a controllare e dice che se vogliono un caffè glielo prepara; la risposta dei due uomini è che non vogliono disturbare, ma nel frattempo si accomodano a sedere intorno al tavolo.

Lei va in camera a vestirsi; si toglie l'accappatoio, mette il perizoma, una minigonna e una magliettina aderente senza reggiseno.

In cucina, prepara il caffè e lo porta sul tavolo in soggiorno; i due uomini la ringraziano e le chiedono come va con le ripetizioni alla bimba.

Lei risponde accavallando le gambe e vede che questo movimento attira l'attenzione di Omar e Faty.

Sotto quelli sguardi anche Alice inizia a sentirsi pulsare sotto e sente che sta eccitandosi e i capezzoli iniziano ad indurirsi sotto la maglietta.

Terminato la chiacchierata gli uomini si alzano, guardano il seno di Alice con la forma dei capezzoli sulla maglietta; Alice se ne accorge e diventa rossa in viso.

Omar inizia a farle i complimenti, ma lei che fra il rosso in viso e il pulsare sotto la gonna non sa cosa rispondere e cerca di non far caso ai complimenti.

In quel preciso istante Faty si avvicina a lei e con una mano inizia a toccarle il seno, lei cerca di reagire spostandola con un movimento secco.

· · ·

Lui prova a infilare la mano sotto la maglietta , lei lo ferma ma non toglie la mano, la prende e la mette più in basso all'altezza della fine della gonna.

Alice è eccitata e i due uomini se ne accorgono e dopo qualche momento di leggero rifiuto si apre a loro e vuole essere posseduta dai loro cazzi.

Faty inizia a salire con la mano lungo le cosce e appena arriva al perizoma sente che è bagnato , lo sposta e le ficca due dita dentro facendola impazzire di piacere, lei chiude gli occhi ed inizia a mugolare.

Omar resta in disparte a guardare i due.

Alice non resiste alla lenta masturbazione di Faty che la fa venire urlando e muovendosi in preda alla eccitazione, l'uomo si sbottona i pantaloni e tira fuori il cazzo.

Alice si abbassa affonda la bocca e la lingua muovendo la testa a destra e sinistra; inizia un pompino frenetico, lei è vogliosa, ma al tempo stesso sorpresa di avere un cazzo così enorme in bocca , così grande che le tocca dilatare al massimo le labbra per poterlo prendere tutto.

Il pompino dura qualche minuto fino a quando Omar si avvicina, prende Alice per i capelli, le inarca la schiena, la trascina sul tappeto vicino al divano.

. . .

Inizia a spogliarla, le toglie la maglietta e le strizza i capezzoli poi toglie la gonna e strappa il perizoma.

Le apre le gambe , le labbra della fica sono umide e depilate , Omar si abbassa e con la lingua inizia a passarla all'interno cosce e con due dita apre le labbra e mette la lingua dentro la fica rosea e bagnata; Alice ricomincia ad avere un brivido di piacere.

Dopo averla leccata, Omar si apre i pantaloni e tira fuori il cazzo e la donna nota che è più grande di quello di Faty.

Alice allarga le gambe per ricevere quell'uccello e godere sotto i suoi colpi ma, con sorpresa viene presa da Omar girata e fatta mettere a quattro zampe.

Nella mente capisce cosa le si prospetta ed inizia a dire all'uomo di non farlo, che non vuole, non lo ha mai preso in culo e sicuramente sentirà male.

Omar non si fa impietosire e inizia a passare un dito lungo la fessura del culo, ha il cazzo che è già duro, la penetra prima con un dito e poi con due.

Alice ha paura ma Omar , bagna il cazzo apre per bene il culo prima con la punta e poi affonda il glande e tutta l'asta dentro. Alice rimane senza fiato, non sa se piegare le gambe e sdraiarsi sul tappeto.

Non ha il tempo di assimilare il dolore che sta provando

nell'essere deflorata nel culo che Faty si avvicina al viso di lei e tirando la testa indietro per i capelli le fa aprire la bocca e fa continuare la donna nel pompino interrotto.

I due uomini la stanno stremando, Alice non riesce a divincolarsi; il cazzo di Omar le fa male, un male misto ad una leggera eccitazione nel sapere di essere preda di due uomini muscolosi e decisi in quello che vogliono.

Omar si toglie dal culo e Alice si sente liberata da quella oppressione, anche Faty toglie il cazzo dalla bocca di lei.

Non capisce cosa vogliano ancora fare, lei è già venuta un paio di volte.

Faty dice a Omar di sdraiarsi, prende Alice e gliela mette sopra e inizia a cavalcare quel cazzo che se lo sente in gola da quanto è lungo.

Nel frattempo anche Faty vuole provare il culo di Alice e inizia a piegarla sul corpo di Omar.

Alice spera di non sentire male come con quello di Omar.

Si piega in avanti, sente la mano di Faty che scende lungo la schiena ed inizia a toccarle il forellino, le appoggia la punta del cazzo e piano piano inserisce tutta l'asta fino alle palle.

· · ·

Questa volta la sensazione che prova Alice è di godimento, forse perché il cazzo dell'uomo è più piccolo di quello di Omar.

Iniziano a muoversi lentamente dentro di lei alternando il ritmo per cercare di non farle male e per farla nuovamente godere.

Alice, adesso, è in preda alla eccitazione e si immagina di essere la troia di quei due stalloni; la scopano più che possono e poi escono dalla donna perché vogliono venirle in bocca entrambi.

Lei allarga le labbra ed inizia a leccare entrambi i cazzi alternando i pompini mentre con due dita si masturba e viene copiosamente.

I due uomini esplodono e riempiono la bocca ed il corpo della donna con una quantità di sperma notevole e lei cerca di berne fino all'ultima goccia.

In balia di quei due uomini è stata ridotta senza forza, ansimante di piacere è rimasta sul tappeto esausta di quel pomeriggio inaspettato.

8

PENSIERO INTRIGANTE

Quel giorno curiosamente la mia cute aveva la tipica sapidità di mela acerba, per il fatto che avevo da poco fatto il bagno divertendomi con le mie due gatte. Erano passate le tre del pomeriggio, il sole era molto torrido e in pratica ero quasi nuda, solamente con indosso un costume rosso vivo che mi copriva le forme. Il gatto persiano grigio giocava con un fiorellino, io ridevo da sola come una squilibrata, mentre l'altro gatto certosino stava dormendo nel suo cestino di vimini.

Più avanti mi collocai al bordo della piscina perché cercavo il refrigerio con i piedi in acqua, quando da dietro la siepe del vicino m'apparve lui, per la precisione il signor Antonio, l'inserviente, il fidato braccio destro del signor Ciancaglini, chiedendomi se potessi prestargli un annaffiatoio. In quel preciso frangente mi sollevai e acchiappai quello che lui ambiva dal baracchino degli utensili, nel tempo in cui la chioma che avevo slegato, restò inconcepibilmente avviluppata ad una funicella collocata in quei pressi. Dal momento che sopraggiunsi da Antonio, potei osservarlo accuratamente da vicino, squadrando minuziosamente quel corpo a torso nudo scolpito da muscoli, subito mi venne un desiderio vizioso e carnale, poiché glielo espressi bagnandomi le labbra con un filo di saliva. Lui mi sorrise mostrandomi i denti bianchi, perfetti, sotto le labbra color lampone, il naso dritto a freccia, gli occhi neri e le sopracciglia scure come i capelli sudati dai riflessi blu notte sotto il sole.

Io lo scrutavo, esaminavo con attenzione con le mani sporche di terriccio i pantaloni corti strappati, con là sotto tutto un tesoro da identificare e da scoprire. Le sue gambe atletiche e forti gli donavano le sembianze e l'aspetto d'un fiero superuomo cristiano d'altri tempi. Antonio non si fece certo scrupoli né turbamenti, velocemente oltrepassò la siepe lasciandomi senza fiato, s'avvicinò e cominciò a baciarmi in ogni parte leccando i miei lobi, mentre con una mano slacciò il nodo del mio pareo lasciandolo cadere per terra. In modo statico rimanendo inerte come una statua io mi lasciai placidamente forgiare dalla sua bocca avida e profumata di cocco, perché mordeva i miei seni come fa un bambino alla ricerca del latte. In quell'istante mi ruzzolò dalle mani il secchio per irrigare e persi l'equilibrio, cadendo per terra mi ritrovai trascinata e condotta dalle sue braccia, deposta come si fa con un cucciolo sull'erba umida.

Antonio mi divaricò le gambe e iniziò a leccare il mio intimo e odoroso pertugio, assai gonfio e bagnato, come se volesse cibarsi del mio interno. Percepivo di netto la barba incolta del mento che graffiava un po' sulle grandi labbra facendomi sussultare, in seguito accalorandomi ed entusiasmandomi dal momento che non ci vidi più. Lo agguantai e lo sospinsi davanti a me, celermente m'appropriai del suo intimo patrimonio da tempo denso e di gagliardia e colmo di vigore, compatto come il marmo, marrone e intrigante, assaporandomi calorosamente quel tronchetto nerboruto palpitante che diventò in un baleno il mio sollazzo preferito, il mio personale piacere amatissimo, riservato e tanto ambito. Io leccavo lungo il nervo centrale muovendo la lingua come un serpente, lui si reggeva all'erba come appigliato a un lenzuolo grinzoso, attualmente stava ansimando e continuava a ripetermi di continuo in modo entusiasta:

"Molto bene, più giù, così, dai, brava piccola, sei un vero incanto, ti meriti un bel premio, sei una meraviglia della natura".

Io adempivo, lo squadravo in viso, ottemperavo il suo volere, m'adeguavo e seguivo la sua opinione, espletavo in maniera invasata e ossessa il suo appunto, quello che lui mi confidava, mentre mi massaggiava lievemente i seni. Io mollai per qualche secondo quel poderoso cazzo, non enorme in verità, comunque abbastanza proporzionato e ben fatto in attesa di farmi libidinosamente penetrare.

Lui colse sveltamente quel messaggio infilzandomi con dei colpi cadenzati, irrefrenabili e ben assestati, fino a farmi venire sconquassandomi radicalmente le membra, come al passaggio di un'onda sismica facendomi perdere la ragione. Lui s'alzò in piedi e schizzò sulle mie tette, io osservavo ammaliata e avvinta la sua densa e dirompente sborrata che là si posava, riversandomi addosso tutto il succo del suo denso e lattiginoso tesoro vitale. Successivamente mi lasciò lì totalmente impregnata, acciuffò l'annaffiatoio e s'allontanò ritornando per adoperarsi nelle sue quotidiane faccende, prodigandosi nei suoi doveri come se nulla fosse accaduto.

La storia si ripeté fino a quando il signor Ciancaglini non rientrò in modo definitivo dall'estero, dal suo impegnativo, laborioso e vincolante viaggio d'affari.

In conclusione per dirla tutta, io e Antonio non ci siamo persi di vista, abbiamo continuato sennonché a trattare, a frequentarci e ad essere in stretta relazione, malgrado ciò adesso che oculatamente ci ripenso, pur scopando nuovamente, lui non m'ha più fatto inspiegabilmente godere come quel giorno, al contrario d'ogni mia concepibile, ragionevole e ammissibile attesa.

9

EMOZIONI SEGRETE

Sybille è stata un'atleta eccezionale in gioventù. Era arrivata alle Olimpiadi. Anche se non era riuscita a salire sul podio, era soddisfatta di sé stessa e della sua prestazione. La nazione la celebrava festosa sulle prime pagine dei giornali, come se le fosse stata data la medaglia d'oro. Era giovane, indifferente, parlava liberamente senza alcun freno inibitorio ed era stimata da tutti.

Ma è così nella vita. La fama arriva, la fama svanisce. Quando appese la racchetta da tennis al chiodo alla fine dei suoi vent'anni, la sua popolarità calò bruscamente. Certo, le venivano recapitati ancora inviti ad eventi di beneficenza e inaugurazioni di festival sportivi, ma sapeva che sarebbe finito anche questo.

Sybille era anche un'abile donna d'affari e così aveva pensato al suo futuro aprendo un negozio di articoli sportivi che godeva di una buona reputazione e prosperava grazie agli ottimi prodotti che vendeva. Anni dopo riesce a realizzare un altro sogno e apre un negozio di lingerie in una posizione privilegiata della città. Comprò solo gli articoli più belli e costosi, ma pagò il conto di tutto ciò. Le prime diecimila signore si entusiasmarono per il fatto di portare in giro per la città una di queste borse di marca molto costose.

Per mantenersi in forma, ha continuato a fare sport. Andava spesso a nuotare, andava in bicicletta, e naturalmente si era iscritta al tennis club della sua nuova casa. Quest'ultimo era felicissimo di avere un giocatore così bravo, e nei campionati, insieme ad altri club, il suo club era divenuto tra i più temuti.

Sybille ha guadagnato qualche chilo dopo le aver lasciato lo sport professionistico, ma le si addiceva molto. Era alta, aveva polpacci e cosce forti ed una pancia era piatta. Le sue braccia erano dritte con la giusta quantità di muscoli, le spalle larghe ed il collo stretto. Quando si trovava davanti allo specchio, a volte si chiedeva perché non avesse avuto anche un bel seno. Questo era, ad essere sinceri, bello ma quasi inesistente. Un piccolo rigonfiamento, così si poteva definire al massimo la sua taglia di seno.

Un giorno una donna della sua età, Marion, si è iscritta al suo tennis club. Per caso, Sybille era in campo quando si allenò per la prima volta. Il compito di Sybille era quello di scambiare qualche palla con Marion per valutare la sua abilità di gioco.

La prima cosa che Marion notò di lei fu il suo seno. Era adatte ad essere mostrate sulle copertine di riviste come "Le Petit Voyeur" o "Bang!" che ad essere messe in movimento sul campo sportivo.

Era uno spettacolo. Marion era snella e in forma, indossava una gonna da tennis corta e bianca, aveva dei capelli fluenti e un viso che sembrava una bambola. Sybille tratteneva quasi il respiro. Davanti a lei c'era la perfezione della donna.

Contrariamente alle aspettative Marion giocato in maniera egregia superando le perplessità generali. Certo, non aveva alcuna possibilità contro Sybille, ma si è difesa coraggiosamente, e nonostante il suo modo poco ortodosso di giocare ha persino vinto qualche set.

Dopo la partita, entrambe erano molto sudate e dopo aver bevuto un bicchiere d'acqua al bar sono andate negli spogliatoi.

Mentre si spogliavano, iniziarono a dialogare, a ridere sembrava che fossero diventate molto amiche.

Mentre si facevano la doccia una di fronte all'altra si scrutavano vicendevolmente.

Sybille guardò Marion e si accorse subito di provare eccitazione verso di lei.

Marion era piuttosto magra, aveva la vagina rasata e i suoi capezzoli brillavano d'argento. Piercing pensò Sybille. Ma ciò che la affascinava di più era il suo seno. Non era un seno con la coppa C, questo è certo, ma le pendevano solo un po'. Era un piacere guardarli.

Marion, tuttavia, guardava Sybille non meno interessata. Le piaceva l'aspetto quasi fanciullesco del suo compagno di gioco. Le piaceva l'aspetto impostato e ben educato; le guardava il seno e trovava eccitante il modo in cui i capezzoli si distinguevano ancora in modo provocatorio.

Il resto si racconta da sè. Sybille si è offerta di insaponare la schiena a Marion che ha accettato ringraziandola. Dopo pochi minuti, Sybille ha avvicinato la mano tra le cosce di Marion, dopodiché Marion spinse la lingua in profondità nella bocca della sua compagna. Poi con i residui di sapone ancora nei capelli Sybille e Marion si rivestono ed entrano in una Porsche rosso fuoco precipitandosi a casa. Una volta lì, una scia di vestiti si estendeva dal garage alla camera da letto, dove i due passavano il resto della giornata a fare ciò che desideravano più ardentemente.

Arrivata la sera ad entrambi risultò chiaro che si erano innamorati perdutamente l'uno dell'altra. Il giorno dopo, Marion uscì con la sua fidanzata e una settimana dopo si trasferì da Sybille.

Tutto questo successe quasi 20 anni fa.

Sybille torna a casa da una riunione di lavoro. Raggiunge il corridoio, posa la sua borsa e le chiavi della macchina sul comò e poi va di sopra a mettersi qualcosa di più comodo prima di preparare la cena. Poiché Sybille e Marion hanno uno stile di vita fondamentalmente diverso, hanno deciso molti anni fa di avere camere da letto separate. In ogni camera da letto c'è un letto matrimoniale, ma questo viene usato raramente, e nel caso solo nei fine settimana. Quando Sybille si accinge ad entrare nella sua camera da letto, sente dei rumori provenire dalla stanza di Marion. Strano, pensa, Marion non dovrebbe essere ancora tornata. Bussa delicatamente alla porta con il piede. Nessuna risposta. Sente qualcuno singhiozzhiozzare dall'interno. Piange, pensa Sybille e apre la porta senza pensarci due volte.

Marion era sdraiata sul letto e piangeva come non mai.

Sybille si siede sul letto e prende la mando della sua amica. Le viene un'altra crisi di pianto e non proferisce una singola parola. Sybille parla in modo rassicurante alla sua amica, le accarezza i capelli e la coccola come se fosse una bambina. Lentamente Marion si calma, poggia il suo seno sul viso della sua amata, la tiene stretta, come se dovesse salvarsi dall'annegamento.

Sybille dà alla sua amica un pacchetto di fazzoletti, fa una battuta sul fatto che stanno per finire e finalmente rompe la tristezza che aleggiava nella sua compagna. Marion sorride, anche se è abbastanza provata.

Marion le confessa il peso che ha nel cuore e che le oscura l'anima.

Stamattina, all'appuntamento dal ginecologo, aveva notato strani noduli nel seno.

Sybille accarezza il viso di Marion, le tocca con l'indice le sopracciglia, le accarezza teneramente i capelli, che svolazzano come una vela al vento, le tocca le labbra e le accarezza nuovamente il viso. Con un fazzoletto, tampona le lacrime che ancora scorrono sulle guance della sua amata.

"Di cosa hai paura, amore mio?". Chiede Sybille.

"Tutto andrà bene", cerca di consolarla accarezzandole amorevolmente la schiena.

"E poi, non è ancora certo che sia maligno, vero?".

"No", dice Marion. "Ho un nuovo appuntamento per saperne di più".

"Ecco, vedi, sciocchina." Ficca un dito nel naso alla sua amica ed entrambe sorridono.

"Ho solo pensato..."

"Cosa hai pensato? Dimmelo", dice Sybille.

"Ho pensato che se le cose si dovessero mettere male, dopo non sarei più una vera donna... mi amerai ancora e vorrai amarmi? Marion proferendo queste parole guarda la sua amica con infinita tristezza.

Sybille si sente quasi spaventata per via di ciò che le aveva detto la sua amica. Anche se riesce a capire bene cosa intendesse. "Sai," dice con voce pacata, "devo confessarti una cosa. Quando ci siamo incontrate per la prima volta, mi piacevano solo i tuoi seni. Non avevo mai provato niente del genere prima d'ora. Mi piaceva toccarli, adagiarmi e seppellirci la mia faccia. E naturalmente, adoro farlo ancora oggi. Ma qualcos'altro è diventato molto più importante per me negli ultimi 20 anni, cioè conoscere te come essere umano. Una persona su cui puoi contare, che ha un cuore caldo, che ha un buon feeling con i sentimenti, che mi fa ridere e mi porta sulla terra quando vado alla deriva. Un amico che è lì per me, senza se e senza ma. Un amante, senza la cui esistenza la mia vita non avrebbe più valore. Qualunque cosa ti succeda, con o senza di te, ti amerò sempre e vorrò che tu sia sempre parte della mia vita. Ora, mangiamo, eh? Il mio stomaco brontola".

Marion spinge verso di sè Sybille e le dà un lungo bacio. Non ho mai saputo fino a quel momento quanto male potrebbe fare la perdita della persona amata.

10

AMICI DELL'ESTASI

Erano quasi le ore venti e come ogni volta ero inevitabilmente in ritardo, suonai il campanello e attesi la voce al citofono, spinsi il portone e salii su per le scale, dal momento che la porta era accostata e con un leggero tocco s'aprì. L'appartamento era alquanto tiepido, giacché i vestiti s'appiccavano alla pelle, nella penombra lui si muoveva sicuro mentre stava preparando dei piccoli bocconcini da gustare, in quell'occasione io non potei fare a meno d'osservarlo diligentemente. Il suo corpo era snello e ben modellato, poiché mi procurava dei brividi inattesi lungo il corpo, i suoi capelli scuri come l'ebano ne contornavano in conclusione adeguatamente la presenza e debitamente il viso. Lui alzò lo sguardo e sorrise vedendomi in quell'istante lievemente pensierosa, tolse la bottiglia di vino bianco dal ghiaccio, ne versò due abbondanti bicchieri, venne lentamente verso di me e porgendomene uno mi disse:

"Ecco l'aperitivo, tieni, gustatelo amica mia".

Io sorrisi, in fondo ero la sua amica, un'amica diversa, all'opposto l'autentica pretendente, la genuina spasimante che tutti gli uomini volevano, lui però come aveva fatto a tenermi tutta per sé? Era una giornata piovosa e come sempre io non avevo l'ombrello, perché pur ritenendoli utili detesto gli ombrelli, li trovo ingombranti e poi t'allontanano dalla bellissima sensazione che la pioggia ti regala cadendo sul corpo, eppure devo ammettere e riconoscere che servono parecchio, eccome. Ancora una volta il negozio era chiuso, io imprecai verso me stessa, poiché era la terza volta che ci passavo ed era sempre chiuso, sennonché un gesto di malumore e stizza m'invase mettendo alla prova i miei già fragili nervi, in tal modo per effondere il mio disappunto diedi un calcio a un sasso, che con lunghi rimbalzi finì dentro una pozzanghera.

"Adesso che cosa faccio? Che cosa regalerò a Lidia? Io indosso solamente capi firmati" – commentava con la voce acida e pungente, eppure delle volte l'avrei strangolata volentieri. Sarei tornata un'altra volta, oppure avrei riciclato qualche sciocchezza.

In quel preciso istante mi sentii osservata, mi voltai ancora una volta verso quella vetrina allestita con meticolosa fantasia, mentre due occhi scuri mi squadrarono dall'interno e un bianco sorriso mi fece quasi sussultare. L'uomo aprì la porta e affabilmente mi chiese:

"Ha bisogno di qualche cosa? Sarò ben lieto e contento d'aiutarla".

"Certo che ho bisogno di qualche cosa. Lei pensa altrimenti che io passi qui soltanto per fare un giro. E' la terza volta che passo ed è sempre chiuso. Accidenti".

Lui mi guardò quasi meravigliato, poi con un gesto sottinteso e palesemente implicito m'indicò un cartello appeso esposto bene in vista: "CHIUSO PER FERIE".

Le mie mani affondarono nelle tasche, con un cenno di netta disapprovazione e con un manifesto segno di totale dissenso m'avviai verso il parcheggio.

"Signora, mi scusi. La prego, mi ascolti, non se la prenda. Nel caso avesse bisogno urgente posso fare uno strappo" – quasi strepitando per farsi sentire.

Io mi fermai e lo guardai, lui era apparso molto disponibile e garbato, ripensandoci bene che cos'avrei regalato a Lidia? Tornai verso di lui e scusandomi timidamente per il mio inatteso sfogo entrai nel negozio. L'odore forte di legno appena posato, mi faceva richiamare alla memoria immensi boschi norvegesi e il profumo agli agrumi del suo dopobarba mi ricordavano le giornate primaverili, la camicia che volevo acquistare repentinamente mi colpì, in quanto aderiva perfettamente al manichino esposto in vetrina, perciò io gliela indicai dicendogli:

"Voglio quella" – lui mi guardò e sorridendo brillantemente in maniera acuta enunciò:

"Vedo che lei è molto sicura, è un' ottima scelta sa. Penso che non sia della sua misura, perché lei è molto prosperosa".

Io lo guardai e scoppiai in una risata nervosa e alla mente mi ricomparve all'istante l'immagine di Lidia, magra e con dei seni piccoli e sodi, dato che assomigliava più a un'adolescente che a una trentenne, l'esatto opposto di me, esuberante, prosperosa e bene in carne, non grassa, eppure morbida e rotonda.

"Beh, ovviamente non è per me, perché io non sceglierei giammai un capo così colorato" – risposi io di getto.

Lui acciglò la fronte e mi guardò, visto che la sua espressione lasciava trasparire una certa critica, un inequivocabile giudizio, una valutazione tutta da discutere e d'approfondire.

"Lei invece avrebbe proprio bisogno di tanti colori, così come una cornice preziosa che senza un'adeguata tela, non esalta né potenzia la sua naturale e indiscussa bellezza".

Mi sentii incantata e assai lusingata, ma anche addolorata e in un certo senso ferita. Come si permetteva costui di giudicare, soppesando e in ultimo valutando il mio modo di vestire? La mia espressione quasi stordita lo spronò a continuare, perché cominciò a elogiare i colori e i gusti dei vini pregiati, le opere d'arte e le sculture, finendo con un vero e proprio congresso sull'importanza e sul valore dei colori nella vita di tutti i giorni. Bruscamente i miei nervi urtati all'inizio dalla sua insistenza, sembravano in seguito benevolmente attratti e rapiti da quella voce sensuale e profonda, in tal modo mi ritrovai chiusa in uno stanzino provando vestiti d'innumerevoli colori e di svariate taglie, mentre lui giudice amichevole e clemente si complimentava con me per il mio straordinario modo di portare quei capi.

I minuti passavano e mi ritrovavo in modo insperato allegra, distesa e gioiosa, in quell'improvviso, insolito e alquanto folle gioco. Per l'occasione, difatti, io scelsi senza esitazioni un vestito lungo con dei colori pastello, visto che il tessuto leggero cadeva sul mio corpo come una carezza, donando in definitiva al mio viso una luce indiscutibilmente radiosa e lucente. Pagai la merce e m'avviai alla porta, la mia mano si posò sulla maniglia, però fu raggiunta sollecitamente dalla sua, un gesto del tutto normale poiché la porta era chiusa e lui la doveva aprire, eppure la mia pelle fu scossa da mille brividi. Io lo salutai e uscii, l'aria rinfrescata dalla pioggia di poco prima odorava d'erba e di sole, perché sarebbe stata una stupenda passeggiata. L'umidità rafforzata dalla pioggia, rendeva ogni cosa più pesante e anche le mie gambe cominciarono a chiedere il meritato riposo, mi ritrovai seduta su d'una piccola panca di legno scuro nella semioscurità d'una piccola ma accogliente osteria, dal momento che la bibita fresca mi rigenerava rapidamente a ogni sorso, però a un tratto una voce mi riscosse e fu di nuovo caldo:

"E' veramente piccolo il mondo, eh sì, piccolo ma indubbiamente affollato e ben frequentato. Che cosa vedono i miei occhi, sa che non si possono bere certe porcherie. Assaggi questo, lo provi e non menta".

Il piccolo calice conteneva un vino bianco leggero e profumato, per la precisione era una bottiglia di Voria bianco frizzante della Sicilia. La mia lingua gustava l'aroma fruttato e gentile, intanto che il mio palato assaporava gusti mai scoperti, donando alla mia bocca piaceri intensi e piacevoli mai sperimentati prima d'allora. Istanti brevi in verità, che a me parvero lunghissimi, mi lasciarono quasi sfinita in attesa d'un altro piacere così eccelso, nobile e sublime. I suoi occhi ridevano, manifestavano e riflettevano tutta la sicurezza d'una nuova vittoria, perché mi ritrovai a ridere ancora guardando le sue labbra che si muovevano, intanto che mi spiegavano come riconoscere la provenienza del vino e di quale grande impegno serviva per imparare ciò. Le sue mani sfioravano le mie e i suoi occhi percorrevano i tratti del mio viso, era inutile negarlo: lui m'attraeva e con i suoi modi così dolci ma sicuri riusciva a farmi volare dappertutto. La cena che lui m'offrì fu una logica serie d'inquadrature e una sensata sequenza, di quella giornata così moderna, nuova e originale per me. La sera ci regalava colori e odori dolci di primavera, mentre i nostri corpi ci supplicavano di non fermaci a un semplice e comprensibile saluto.

Ancora una volta i suoi occhi mi chiesero di rimanere con lui, di seguirlo, di regalargli ancora del tempo, il ticchettio delle mie scarpe si perdeva sotto il porticato di quell'antica piazza e il mio cuore balzava battendo forte nel mio petto. Quell'attico arredato con gusto raffinato e decorato con vari oggetti orientali era davvero un luogo magico, i nostri occhi per l'occasione s'allacciarono, non seguirono parole ma gesti appassionati e modulati che animarono ancora di più l'eccitazione dei nostri corpi. Le sue mani scorrevano lungo i miei fianchi e la sua passione premeva contro la mia intimità senz'angoscia né paura né vergogna, ma solamente animata e vivacizzata dalla pura passione, dove io guidai quel membro eretto e proteso verso la mia folta e sugosa intimità. Io fui riempita da quel sesso pulsante che mi donava ondate di piacere a ogni singolo movimento, mentre la sua pelle sotto le mie labbra emanava profumo d'uomo.

La mia eccitazione sembrava senza limite e come un'assetata io chiedevo ancora piacere. La sua lingua percorse il solco dei miei seni, le sue mani stuzzicavano i miei capezzoli, mentre le mie unghie graffiavano la sua schiena, la lingua continuò la sua discesa fermandosi tra la mia foltissima peluria e cercando il clitoride. Lui come un esperto e ferrato amante si prese cura di me, io gli succhiai quel pene, lui digradò ancora verso la mi foltissima e nera fessura e portando al palato con le sue dita i miei umori me li fece assorbire, facendomi gustare, in quanto si trattava dei miei stessi fluidi, peraltro aspri ma al tempo stesso gradevoli. La mia mano cercò il suo membro e lentamente lo portai alle labbra, la lingua lo leccava priva d'ogni pudore e d'ogni ritegno gustandone il sapore, il piacere che saliva faceva pulsare quel sesso sino quasi a farlo scoppiare, mentre lunghi e densi fiotti inondarono inaspettatamente la mia bocca.

Io assaporai il gusto amabile e speziato del suo seme, mentre la mia eccitazione scendeva verso il mio ventre, regalando alla sua bocca anche il mio orgasmo. Rimanemmo in quella postura, sazi e stanchi sorseggiando in conclusione un bicchiere di whisky. Non ci furono complimenti o parole per quello che c'era stato, perché i nostri sensi avevano parlato per noi.

"Voglio dividere ogni momento di piacere con te, noi saremo amici".

Uscii da quella casa, sapendo che ben presto ci sarei volutamente ritornata. Noi saremo amici, sì lo saremo stati, io non sapevo nulla di lui e lui non conosceva niente di me, solamente una fila illogica e insensata di numeri che formavano una destinazione telefonica, quello ci avrebbe legato, sì, soltanto quello.

I miei pensieri si diradarono al tocco della sua mano, perché ancora una volta i nostri corpi parlarono strepitando per noi, giacché non ci fu più tempo per il cibo né per il vino perché essi ci avrebbero atteso al nostro ritorno, per il fatto che entrambi attualmente debilitati ed esausti dal piacere, ci raccontiamo ogni piccola cosa.

Nessuna cosa è nascosta tra di noi, attualmente dobbiamo assentarci e partire per il lungo viaggio: sì, il viaggio verso l'estasi e il totale incanto.

11

————

DESIDERI INESPRESSI

Monica si confida aprendosi, sbottonandosi e rivelandosi, credendo ampiamente nelle favole, perché fin da bambina sognava principi e cavalli bianchi che l'avrebbero condotta al castello, posandola in conclusione su d'un letto di piume e ricoprendola di baci e di fiori. Oggi Monica è a dire il vero una donna apprezzata, alquanto quotata e stimata, ha un lavoro, un marito e tante incombenze da compiere, tanti doveri, tanti incarichi e parecchie responsabilità alle quali deve far fronte. I momenti di pace sono pochi, gli attimi di tranquillità che trascorre sdraiata sul letto ogni tanto riemergono, quando riesamina i suoi sogni di ragazza, quando ancora contava le ore e i giorni in cui sarebbe arrivato il principe azzurro. Mario è sopraggiunto invero a cavallo della sua nera motocicletta, Mario ha visto Monica e ha deciso che sarebbe stata sua.

Erano entrambi giovani in quel tempo, quelle carezze furtive e prudenti, scambiate peraltro reciprocamente in maniera focosa nell'oscurità dei portoni, le mani inesperte e finanche maldestre che s'insinuavano ambiziose e insaziabili in ogni apertura, in ogni umido e sconosciuto anfratto, erano la promessa d'una smania ansiosa, che non tardava a sfogarsi per entrambi. Quegli orgasmi rubati alla notte, quelle parole gustate come caramelle, quella pelle sudata di piacere erano sia per Monica che per Mario, l'estasi e il visibilio indimenticabile dei venticinque anni che non ritornano più.

Nell'epoca attuale, Mario è un commercialista affermato e assai stimato, il nero e roboante cavallo di ferro è stato sostituito con una fiammante macchina sportiva, gli orgasmi rubati alla notte al presente sono soltanto deboli amplessi ritagliati nelle pause di lavoro, le parole di miele e di sole, si sono trasformate in fiacchi e scoloriti messaggi attaccati sul frigorifero in cucina, i sogni di Monica sono solamente le pagine del diario, ingiallite e sbiadite riposte nel fondo d'un elegante comò.

Il mese scorso, Monica è venuta da me per comprare un sogno, è stata per ore a rovistare tra gli scaffali della mia libreria, alla ricerca di questo strano libretto. Io la guardavo mentre la gonna bianca tirava sui fianchi generosi, eppure lei non cercava di spingerla giù come ogni brava ragazza farebbe al cospetto d'un maschio intenta a guardarla, perché d'altronde là dentro c'eravamo soltanto noi due nell'afa di luglio all'ora di pranzo in quel negozio semi vuoto. Ho visto il seno tirare dentro la soffocante camicetta bianca, che lei ha leggermente sbottonato con la naturalità e la semplicità d'una bimba innocente. Perché Monica dovrebbe avere riguardo davanti a un'altra donna? Dietro al bancone, infatti, ci sono unicamente io, perché lei non sa da quanto tempo io sto desiderando e fremo per quelle cosce e per quel magnifico sedere sodo.

Io m'avvicino per darle una mano, il titolo di questo volume non mi è nuovo come non lo è il caldo e il gonfiore che sento crescere nella pelle. Monica mi esamina con quello sguardo da bambina, in cui io azzecco indovinando interamente i suoi desideri inespressi, e per un solo istante i suoi occhi si posano sulla mia scollatura scandagliandomela. In un attimo capisco qual è il sogno ricorrente che cerca, inseguendolo tenacemente nel mio negozio. Io m'accosto ancor più con la scusa d'aiutarla nell'afferrare un libro e le nostre mani per pochi secondi si sfiorano, si cercano e subito si ritraggono intimidite.

In quel preciso momento io la osservo arrossire, cercando d'abbassare la gonna che nel frattempo è salita ancora di più. Ecco, il primo segnale che cercavo, questa discrezione e questa timidezza, che apre ai miei occhi novizi e inediti orizzonti. Io le blocco la mano che scivola sul tessuto sostituendola con la mia, che adagio accarezza quelle armoniose rotondità di femmina, lei mi guarda chiaramente incredula e visibilmente sbalordita, malgrado ciò lascia che gli eventi seguano il loro corso.

In quel frangente la bacio sulla bocca e la sua malsicura e infida risposta rende più azzardata e spavalda la mia lingua, che ingordamente s'insinua tra le sue deliziose e polpute labbra avvolgendogliele. Avverto un sussulto, un solo gemito, quel dono e quella concessione, che solamente una donna può darle. Infilo lentamente un dito tra le sue gambe dischiuse, sento la sua carne pulsare e inumidirsi velocemente, aprirsi come un fiore al mio passaggio, io con abilità e con destrezza la conduco verso il bancone dove l'adagio come un oggetto prezioso. Le sfilo le mutandine di candido pizzo e le apro il sesso con due dita, mentre la mia lingua si dirige verso il centro del suo piacere.

Io la lecco golosamente per minuti che sembrano secoli, le stuzzico i capezzoli come fossero dei petali di rosa, infilo un dito anche nel suo pertugio più stretto, continuando a lambire con la lingua l'essenza del suo godimento che s'ingrandisce fin quasi a esplodere. Nello stesso momento anch'io inizio ad accarezzarmi, nel tempo in cui Monica diventa più coraggiosa e risoluta, perché mi bacia sulle labbra con il desiderio tralasciato, con quella passione sottaciuta di tutti i suoi anni frustrati e vanificati. Io colgo lestamente in quel bacio i miraggi inespressi e le speranze omesse, le voglie nascoste e i bisogni velati, la conclusione allegra, gioiosa e raggiante della sua eterna favola.

In quella circostanza ci mettiamo una sopra l'altra, in quanto con foga e con piena passione ci sfreghiamo, ci tocchiamo, ci accarezziamo, ci graffiamo, ci prendiamo e ci beviamo con grandissimo desiderio. Il suo corpo diventa rapidamente argilla tra le mie mani, il mio cocente desiderio esplode immancabilmente nella sua bocca regalandole l'indelebile e l'indimenticabile aroma di donna appagata, mentre il suo possente urlo di delizia e di gioia si confonde pienamente soddisfatto assieme al mio.

Oggi Monica, viene quotidianamente nel mio piccolo negozio di periferia, sempre alla stessa ora, io l'aspetto dietro il bancone, poi chiudo la saracinesca e le offro tutti i suoi sogni di compiaciuta, gongolante e gloriosa sovrana.

Il suo diario ingiallito, accantonato e rinchiuso in quel cassettone, fortunatamente ha ripreso nuovamente colore, forza e intensità, perché Mario adesso cavalca da solo sopra la sua rossa, infruttuosa, inservibile e inutile rabbia.

12

LA MASSAGGIATRICE

La giornata sembrava non avere fine.

Folle di persone mi sono passate accanto mentre cercavo di spiegare ai potenziali clienti le ultime conquiste della tecnologia medica microinvasiva.

Il mio capo mi aveva mandato dall'altra parte del mondo per presentare i prodotti della nostra azienda a una grande fiera di tecnologia medica qui a Tokyo.

La concorrenza era agguerrita, quindi ho dovuto lavorare sodo per presentare i nostri prodotti in modo dettagliato a chiunque.

La sera si stava avvicinava lentamente, ero completamente esausta e mi facevano male i piedi poichè portavo con i tacchi alti.

Perché mi ero fatta convincere dal mio capo?

Il motivo per cui ha voluto che facessi questo lavoro era ovvio: una bella bionda alta, di 30 anni, con un buon "legno davanti alla capanna" è naturalmente ben accolta dai clienti. Naturalmente, molti pensavano che fossi solo una semplice hostess di fiera, finché non hanno notato il dottore che veniva accompagnato sulla mia targhetta accanto al mio nome e reagivano di conseguenza sorpresi.

Ma io ero abituata a questo da molto tempo.

Alle 19.00 gli ultimi visitatori avevano finalmente lasciato il quartiere dove si svolgeva la fiera. Tutti gli espositori e un numero considerevole di hostess che partecipavano alla fiera si era riversato insieme a me verso l'uscita.

Anche se non ero mai stata a Tokyo, non volevo fare un tour alla scoperta della vita notturna di questa metropoli mondiale, ma volevo solo andare in albergo per liberare finalmente i miei piedi dai tacchi alti.

Sulla strada per l'hotel, mi sono fermata in un fast-food, ho mangiato qualcosa e finalmente sono arrivata alle 20:00 nella mia camera d'albergo.

Già in ascensore mi sono tolta le scarpe e, non appena ho chiuso la porta della mia stanza dietro di me, mi sono tolta i vestiti e sono entrata nella doccia.

Anche se mi sentivo molto meglio dopo la lunga e calda doccia, la schiena e i piedi mi facevano ancora male.

Un massaggio sarebbe proprio il massimo!

"Sì, perché no? Ho pensato tra me e me e ho chiamato la reception per vedere se si poteva ottenere un massaggio in questo hotel.

"Sì, certo, Madame", mi assicurò il simpatico portiere, "Le manderò la nostra massaggiatrice nella sua stanza!

Mi sentii sollevata. Un massaggio farebbe sicuramente miracoli!

Neanche 5 minuti dopo, bussò alla mia porta.

Ho aperto e davanti a me c'era una piccola e bella donna giapponese.

"Ciao, mi chiamo Marian Kawasaki. Ha chiesto un massaggio?". Chiese a bassa voce.

"Oh, sì, per favore! Entrate!" Risposi sollevata e la lasciai entrare nella mia stanza.

Quando dopo aveva messo una piccola valigia accanto al letto, si voltò di nuovo verso di me: "Allora, come ti chiami?

"Oh, scusa! Mi chiamo Kayla. Vengo dalla Germania", le risposi.

"E che tipo di massaggio vuoi, Kayla?" mi chiese con un sorriso affascinante sulle labbra.

"Per favore, tutto il programma! Ho bisogno di rilassarmi!". Ho gemuto in uno stato di stanchezza e stress.

"Allora, vuoi anche tu il trattamento speciale?" mi chiese.

Non avevo idea di cosa intendesse con "trattamento speciale", ma per un po' di relax avrei acconsentito a qualsiasi trattamento, così le ho risposto senza ulteriori indugi: "Suona bene! Sì, per favore!

Aprì la valigia, tirò fuori un grosso asciugamano e lo stese sul mio letto.

"Va bene. Per favore, spogliati e sdraiati a pancia in giù".

Feci quello che mi chiese di fare, mi tolsi la vestaglia e mi stesi sull'asciugamano.

Nel frattempo, lei era scomparsa nel bagno. Quando dopo un po' di tempo tornò nella stanza, con mio grande stupore, improvvisamente si era messa l'accappatoio e si stava asciugando le mani su un asciugamano.

Strisciò verso di me sul letto e si inginocchiò accanto alle mie gambe.

Prima ha iniziato a massaggiarmi i piedi, poi le gambe e infine le mani e le braccia.

Sono rimasto sorpreso da quanta forza avesse tra le mani questa minuta donna giapponese e quanto massaggiasse bene.

L'ho stimata intorno ai vent'anni. Aveva legato i suoi lunghi capelli neri pece in una coda di cavallo e aveva un bel viso.

Infine, prese una bottiglia di olio dalla valigia, mi passò una gamba sopra e si inginocchiò sul mio sedere mentre iniziava a far gocciolare l'olio sulla mia schiena. Poi ha posato la bottiglia dolcemente oltre al letto e mi ha strofinato l'olio su tutta la schiena e il sedere.

Ad un certo punto non sentivo più le sue mani sulla mia schiena , ho aperto di nuovo gli occhi e l'ho guardata.

Con mia grande sorpresa, si era tolta l'accappatoio ed era anche completamente nuda.

Come se non bastasse, stava per spalmarmi dell'olio sul seno e sulla pancia.

Oh, mio Dio! Che cosa stava facendo?

Il "Massaggio speciale" era un massaggio erotico o anche un massaggio sessuale o qualcosa del genere?

Non ci avevo pensato affatto, perché non mi sarei mai aspettato una tale "offerta" in un albergo del genere.

Non sapevo cosa fare adesso. Ma ad essere onesti, mi piaceva l'idea di lasciarmi coccolare un po' eroticamente o sessualmente, niente male.

E questa piccola giapponese era sexy in ogni caso!

Così, ho deciso di aspettare e vedere cosa sarebbe successo.

Per prima cosa, ha iniziato a massaggiare la mia schiena e le mie spalle come al solito.

Ma poi si è finalmente piegata in avanti e mi ha messo tutto il suo peso addosso e ha iniziato a strofinare il suo corpo nudo e oleoso contro il mio.

Ho sentito non solo il suo piccolo capezzolo sulla mia schiena, ma anche la sua morbida e calda figa, che ha strofinato contro di me in lenti movimenti circolari sulle mie gambe fino ad arrivare alla mia schiena.

Questa sensazione meravigliosa e il soffice soffio di questa sexy ragazza giapponese molto vicina al mio orecchio mi ha fatto incredibilmente eccitare e così ho sentito divenivo sempre più bagnata.

Alla fine, lei scivolò sempre più in basso fino a quando finalmente si sedette sulle mie cosce e cominciò a massaggiare delicatamente il mio culo.

L'ho guardata sopra la mia spalla mentre infine ha sfregato i suoi bei seni piccoli su e giù attraverso la fessura del mio culo fino a poco prima della mia figa bagnata che oramai era gocciolante.

Ho sperato che ora si dedicasse alla mia figa incredibilmente eccitata, ma non è andata oltre.

Invece, ha detto con un sorriso seducente sulle labbra: "Per favore, girati.

Mi giro senza esitazione.

Si sedette sulle mie cosce e mi gocciolò di nuovo olio su tutto il corpo.

Poi ha cominciato a spalmare l'olio e si è dedicata soprattutto ai miei due seni.

Ha lasciato che i miei capezzoli, che nel frattempo erano divenuti duri come la roccia, scivolassero ancora e ancora tra le sue dita e li ha fatti roteare ancora e ancora, il che mi ha reso ancora più arrapata.

Infine, ha versato un po' d'olio sul mio monte di Venere. Per fortuna stamattina mi ero rasata, tranne che per un piccolo triangolo.

Con le sue piccole mani, ha distribuito l'olio e si è affrettata una o due volte lungo le mie piccole labbra cosa che mi ha fatto godere dolcemente.

Lei mi sorride amichevolmente e scivola con la parte inferiore del corpo un po' 'più in alto fino a quando la sua figa completamente rasata era direttamente sopra la mia pancia.

E come se fosse una cosa ovvia, ha cominciato a strofinare la sua piccola e dolce vagina vicino alla mia facendo piccoli cerchi e movimenti avanti e indietro mentre le sue mani erano di nuovo occupate con i miei capezzoli rigidi.

La vista dello sfregamento della sua fica poco sopra la mia, ha acceso in me un così bestiale istinto che ho sentito la mia figa bagnarsi.

Ho sollevato il mio bacino e mi sono spinta contro di lei, sperando di sentire la sua fica sul mio clitoride.

Lei sembrava aver notato questo perché ha oscillato la gamba destra indietro e lo mise tra le mie gambe. Mi ha sollevato un po' la gamba e l'ha spinta di lato, così che la mia fica si spalancasse.

E poi lo fece! Ha abbassato la sua dolce vagina poco a destra giù sulla mia che era bagnata e ha iniziato a strofinare la sua fica su tutto il mio clitoride.

E' stato così incredibilmente eccitante che ho dimenticato tutto ciò che mi circondava ed ho allungato appena il mio bacino verso di lei emettendo gemiti forti e sperando che non smettesse mai di strofinare la sua fica contro la mia.

Infine, ha spinto entrambi i miei piedi lontano fino quasi a raggiungere i miei seni, in modo tale che la mia vagina fosse completamente sospesa in aria. Poi nuovamente si accovacciò su di me e si sedette direttamente sulla mia fica cominciando a strofinare la sua soprattutto il suo clitoride sopra il mio clitoride duro come la roccia, che si era gonfiato quasi che somigliasse ad una ciliegia.

La sua movenze sulla mia fica divennero sempre più veloci, ed emettevano rumori piuttosto forti ad ogni movimento in cui andava avanti e indietro, che erano solo annegati dal mio incessante gemito.

E così, non ci volle molto tempo prima che avessi un orgasmo così tremendo che ebbi la sensazione di essere stata travolta da un treno.

Totalmente fuori controllo, il mio corpo si contorceva per i crampi della lussuria.

La mia vista si affievolì per un attimo e il mio respiro si era quasi interrotto.

Onda dopo onda attraversò tutto il mio corpo e sembrava quasi non fermarsi mai.

Ma a un certo punto i miei crampi di lussuria si sono lentamente dissolti, e il calore confortante ha inondato il mio corpo come la pioggia estiva. Mai prima d'ora mi sono sentita così rilassata e infinitamente soddisfatta!

Marian Kawasaki, nel frattempo, era scesa da me, si era rimessa l'accappatoio e stava per sistemare la valigia.

Il desiderio di volerle dire quanto avessi apprezzato il rapporto mi passò la mente, ma prima che potessi pensare a come dirglielo, me lo chiese con voce amichevole:

"Spero che vi sia piaciuto il mio massaggio speciale".

"Ohhhhh, sì! Tantissimo! Risposi ancora senza fiato.

"Se vuoi, sarò al tuo servizio anche domani", mi sorrise ponendomi l'interrogativo.

"Oh! OK! Sì! Sarebbe bello!" Balbettai mentre mi rendevo conto che si era appena offerta di scoparmi di nuovo domani sera per un orgasmo così meraviglioso.

"Chiedete di me alla reception, e io sarò al vostro servizio! Ciao, ciao" disse brevemente, si voltò verso la porta e sparì.

Sono sprofondata di nuovo nel mio letto e non riuscivo a credere a quello che avevo appena vissuto! Erano passati molti anni dall'ultima volta che avevo avuto un orgasmo così meraviglioso! Mi chiedo cosa direbbe il mio ragazzo a casa se sapesse che l'ho appena avuto con una donna. Avevo "sperimentato" con le donne alcune volte durante i miei studi, ma l'ho sempre liquidata come la mia "fase selvaggia". Tuttavia, le fantasie sul sesso con una donna non erano mai completamente scomparse dalla mia mente, ma non avevo mai pensato di metterle in pratica.

Ma la prospettiva di farlo di nuovo domani con la piccola Marian Kawasaki mi ha fatto venire i brividi...

13

VOGLIA ILLECITA

Sono una madre di trentacinque anni di due giovani liceali. Con un'altezza approssimativa di 158 centimetri, capelli marrone-rossicci, occhi verdi e mi considero piuttosto attraente per la mia età. Peso circa centoventi chili, una frequente partecipante alla palestra che desidera disperatamente liberarsi del mio piccolo grasso di pancia, eppure il mio amato marito lo considera attraente. Ho un seno con enormi capezzoli che sono sono molto sensibili e hanno causato un notevole imbarazzo di tanto in tanto. Mio marito è un freelance multimediale che si è impegnato con successo con alcune multinazionali in diversi progetti redditizi e viaggia spesso a causa della sua natura professionale. Abbiamo una vita sessuale normale come le solite coppie, anche se ho avuto una vita sessuale esuberante prima di incontrare la mia metà migliore, Donald.

Era in viaggio a Seattle per un viaggio d'affari durante le celebrazioni del Ringraziamento di quell'anno per concludere un affare redditizio e per passare il fine settimana con sua madre e sua sorella. Anche se ci ha chiesto di andare con lui, solo nostro figlio minore Jason è riuscito ad accompagnarlo. Nostro figlio maggiore, Curtis, stava finendo il liceo quell'anno, era membro della squadra di calcio della scuola e non ha mai voluto perdersi la sua ultima partita del Ringraziamento per la sua scuola. Così, lui ed io siamo dovuti rimanere indietro. Abbiamo lasciato Donald e Jason all'aeroporto, poi abbiamo attraversato la città per andare a prendere il migliore amico di Curtis e capitano della squadra, Ambrose, prima di raggiungere la partita. Curtis si è chiesto se Ambrogio potesse passare il fine settimana del Ringraziamento con noi, visto che i suoi genitori erano nel bel mezzo di una separazione. I suoi genitori avevano già venduto la loro casa, entrambi si erano trasferiti insieme ai loro rispettivi partner e il giovane è rimasto nell'ostello della scuola per un paio di mesi. Comprendendo la terribile situazione che il giovane stava attraversando, concordo e penso che potrebbe essere una pausa necessaria per ricaricare le pile.

Ci siamo fermati all'ostello della scuola al nostro ritorno a casa. Ambrogio ci aspettava già davanti all'enorme cancello d'ingresso blindato. Era molto più alto di Curtis, era un metro e ottantacinque centimetri. Il suo fisico robusto rifletteva il rigore con cui si allenava in palestra. Grazie alla sua origine nero-ispanica, al suo comportamento caldo e cortese e al suo atteggiamento disinvolto, ha avuto un impatto da gentiluomo ai miei occhi. Abbiamo guidato attraverso il trambusto della città fino a casa nostra e la maggior parte della discussione si è concentrata sulla partita di calcio del giorno del Ringraziamento. Una volta entrati in casa, i ragazzi sono andati a fare la doccia e a vestirsi in vista di una partita di allenamento in programma quella sera. Curtis ha chiamato dal piano di sopra e mi ha chiesto di cercare nel seminterrato, la nostra lavanderia, il suo sospensorio e i pantaloncini in spandex che ha sempre preferito indossare sotto i pantaloni. Dopo aver consegnato i capi attraverso la porta socchiusa, mi sono chiesto se avesse bisogno di qualcos'altro dal suo mucchio di capi lavati. Mi ha chiesto di portargli l'altro sospensorio, dato che Ambrogio aveva dimenticato di metterlo in valigia quando ha lasciato l'ostello. Mi precipitai in lavanderia e guardai tra la pila di indumenti finché non trovai l'altro sospensorio e tornai di corsa nella stanza di Curtis. Mentre passavo davanti al bagno del piano superiore, mi accadde un incidente imbarazzante. Pensando che ci fosse Curtis in bagno intento a lavarsi i denti, mi sono fatta strada per dargli il sospensorio. Quando ho aperto l'ingresso, sono rimasto sbalordita dalla vista inaspettata. Lì, davanti alla vanità, c'era Ambrogio con letteralmente nulla addosso in tutta la sua gloria giovanile e maschile. Nel suo fisico impeccabilmente cesellato, i suoi muscoli lo adornavano come ondulazioni in tutti i punti precisi. Sotto il suo ombelico c'era una sottile linea di capelli che portava dritta al più grande e nero cazzo che abbia mai visto. Era eccezionalmente spesso, lungo circa 15 centimetri, mentre era flaccido e pendeva lungo la coscia sinistra. Con quelle dimensioni nel suo stato attuale, non avevo dubbi che sarebbe stato molto più grande di quello di mio marito al raggiungimento della sua piena erezione. Il glande era in parte fissato con il prepuzio nero. C'era un'enorme vena che sembrava percorrere l'intera lunghezza dell'organo, a parte le numerose vene che lo attraversavano. Aveva un paio di enormi palle, ognuna delle quali aveva una dimensione approssimativa di un mandarino, che erano completamente rilassate perché pendevano a metà del suo cazzo. Le mie guance e le mie orecchie bruciavano di imbarazzo per questa inaspettata interruzione della privacy. Così, mi perdonai immediatamente e chiusi l'ingresso... dicendogli quanto mi dispiaceva di essere entrata all'improvviso nel bagno. Mi scusai ancora con lui dicendogli che pensavo che Curtis fosse lì dentro e mi precipitai nella stanza di Curtis per consegnargli il sospensorio. Non ho detto nulla di questo sfortunato incidente a Curtis e mi sono sforzata di mantenere la mia compostezza nel disperato tentativo di dimenticarlo. Quella sera perdemmo la partita di allenamento, che si è conclusa con un lungo, scomodo e silenzioso viaggio di ritorno a casa. Quando eravamo a casa, ho detto ai ragazzi che avrei fatto la doccia. Curtis era piuttosto angosciato per il risultato e ha chiesto ad Ambrogio di accompagnarlo al bar vicino per un paio di drink. Quando ho chiesto loro quando sarebbero tornati a casa, Curtis ha preso le chiavi della macchina e ha detto che sarebbero tornati entro le 22:30.

Mentre affondavo nella vasca da bagno, continuavo a interrogarmi su Ambrogio immaginandolo in piedi, nudo e spogliato, nel mio bagno. Non ho mai avuto pensieri così lascivi su un uomo nudo in vita mia. Aveva appena diciannove anni, un anno più grande di mio figlio, eppure sentivo qualcosa di intrigante e stimolante, chiedendomi quanto sarebbe potuto diventare enorme il suo cazzo se fosse stato così enorme nel suo stato flaccido. Un orgasmo da sballo dopo l'altro mi ha scosso il corpo mentre massaggiavo il clitoride. E 'stato uno degli orgasmi più straordinari della mia vita e mi sentivo così arrapata fantasticando su tali pensieri libidinosi. Non riuscivo a credere che stavo immaginando il cazzo di un giovane che era il migliore amico del mio figlio maggiore. Dopo essere uscita dalla vasca, mi sono asciugata e mi sono messa la camicia da notte di seta. Mi preparai della zuppa e della pasta al formaggio per la cena e scesi in biblioteca per rannicchiarmi sul divano con un bel libro.

Verso le 23.45 ho sentito la macchina che veniva tirata nel garage e la porta d'ingresso che si chiudeva cigolando. Curtis e Ambrogio arrivarono entrambi ridacchiando rumorosamente. Sentivo l'odore di alcol nel loro alito e ho ordinato loro di salire di sopra e di sistemarsi per la notte. Ero estremamente arrabbiata per quello che fatto Curtis, anche suo padre non aveva mai osato arrivare a casa ubriaco. Urlai contro Curtis per questo comportamento scorretto, guidando ubriaco e presentatosi davanti a sua madre senza vergogna ubriaco. Lo rimproverai dicendogli che non avrebbe avuto la macchina per i prossimi due mesi come punizione per il suo cattivo comportamento. Avendo capito quanto fossi furiosa, si è pentito dei suoi misfatti e mi ha confessato che aveva incontrato altri membri della squadra nel bar che stavano anche loro facendo festa. Mi ha dato un bacio sulla guancia e mi ha dato la buonanotte. Infatti, anche Ambrogio mi abbracciò ed espresse il suo rammarico per questo comportamento scorretto. Pensavo di aver sentito i capezzoli di Ambrogio mentre mi abbracciava. Sapevo che poteva vedere i miei capezzoli attraverso la stoffa di seta della mia camicia da notte di seta. Ero così eccitata che mi bagnai fantasticando su questi pensieri illeciti riguardanti questo fusto di diciannovenne.

Presto mi lasciò andare e seguì il suo amico al piano di sopra. Ho sentito lo sciacquone del bagno e poi la porta della stanza di Curtis si è chiusa. Ho aspettato con impazienza per circa dieci minuti prima di spegnere le luci e andare in camera mia. Ho sbirciato nella stanza di Curtis mentre passavo. Ho visto che Curtis stava già sonnecchiando nel letto. Dalla porta del bagno, parzialmente chiusa, si vedeva una traccia di luce. Curiosa di sapere cosa si celasse dietro quella luce, mi avvicinai al bagno. Era assolutamente sbalordita e sconcertata dall'affascinante spettacolo a cui ho assistito quando ho guardato attraverso la fessura della porta del bagno. C'era Ambrogio, nudo, seduto sull'angolo della vasca da bagno rivolto verso la porta. Con gli occhi chiusi, il suo respiro insolitamente più veloce del normale, sudato da morire e odorando di alcol inebriante, stava accarezzando un mostruoso cazzo nero con una mano e tenendo un paio dei miei slip di pizzo nell'altra mano. I suoi muscoli si flettevano mentre si masturbava vigorosamente, il suo scroto pesante si alzava e si abbassava come ondate di eccitazione appassionata a ogni colpo. La sua erezione dura era grande all'incirca come il mio avambraccio e la testa era ingrossata come un uovo. Ogni volta che lo accarezzava, la pelle rotolava sopra il glande rendendo visibile il colore rossastro, e poi la pelle rotolava di nuovo. Sbriciavo Ambrogio e mi chiesi se fossi così affascinante da essere la fantasia di questo giovane fusto. Svilisce facilmente il cazzo di mio marito trasformandolo nel pene di un bambino. Corrotta da pensieri peccaminosi, le mie gambe cedettero rapidamente la resistenza e mi avventurai nel bagno. Ambrogio rimase scioccato nel trovarmi in piedi davanti a lui e nell'essere colto in flagrante per aver scovato i suoi desideri perversi. Le sue espressioni cambiarono all'istante come se avesse visto un fantasma. Ero troppo eccitato per trattenere la mia voglia sfrenata di questo fusto. Quando mi inginocchiai ai piedi di Ambrogio, con la mano immobile sul suo gigantesco cazzo, egli tremò e sorseggiò senza sosta. Ridevo maliziosamente per il suo pietoso contegno e rabbrividivo per la lussuria vulcanica e la prepotente dominanza che esercitavo sul suo giovane.

"Miss Summers ... Io..." La sua voce si è allontanata quando ho messo il dito sul suo labbro.

"Va tutto bene, piccolo… Lascia che ti aiuti", sghignazzai.

Ma era troppo irrequieto per liberare i suoi desideri repressi e lussuriosi. Così, ha messo la sua mano sulla parte posteriore della mia testa e mi ha costretto in avanti verso il suo cazzo nero gigante. Questo fece sì che le sue enormi palle mi colpissero la fronte. Mi posizionai con la faccia a pochi centimetri da quella bestia nera.

"Miss Summers, mi dispiace tanto. Ma lei mi fa così eccitare", ha ingoiato duro, il suo selvaggio e disperato desiderio di volermi incitarono la mia eccitazione selvaggia. Feci solo un cenno con la testa mentre prendevo in bocca il suo grosso cazzo. La mia bocca ha cominciato ad asciugarsi e le mie gambe tremavano. Ero così ansiosa e così eccitata di assaggiare il suo pene nella mia bocca.

Ambrogio mi afferrò la mano nella sua e la mise vicino alla base del suo cazzo. Le mie dita non riuscivano ad avvolgere l'organo bestiale, mentre sentivo il calore della sua cruda lussuria e il sangue pulsare attraverso la fitta vena proprio sotto le mie dita. Ambrogio mi ha rivelato che era così eccitato questa sera e che aveva bisogno di un po' di sollievo dai suoi desideri sessuali repressi. Ha confessato che era così disperato poichè non riusciva ad avere un rapporto con una donna bianca... dato che relativamente poche giovani della sua età erano desiderose di lasciarlo impegnarsi in rapporti sessuali a causa delle sue dimensioni gigantesche. Mentre gli rivelavo di essere abbastanza matura per essere sua madre, istintivamente la mia mano destra gli accarezzava il pene mentre l'altra mano gli accarezzava le sue palle colossali. Gli ho rivelato che era assolutamente il più grande cazzo che avessi mai visto o toccato nei miei trentacinque anni di esistenza. Sorrideva maliziosamente e si chiedeva se avrebbero scopato. Ha anche riconosciuto che ero probabilmente la donna più sensuale con cui avesse mai avuto il lusso di stare.

Consigliai ad Ambrogio di aspettare mentre ricontrollavo se

Curtis stava ancora dormendo. Quando sono riemersa nel bagno, ho chiuso a chiave la porta del bagno e mi sono tolta la camicia da notte. Mi sedetti sul pavimento direttamente davanti a lui e girai la testa verso l'alto per poter sgranocchiare le sue deliziose, nere ed enormi palle. Lui era eccettitato per la lussuria cruda e rabbrividiva. Il suo gemito era il suono più dolce che risuonava nelle mie orecchie da chissà quanto tempo e sentivo il mio cuore che palpitava. Ho cominciato a muovere la mia lingua tutto intorno al suo scroto e mi sono portata al glande. Ho leccato un paio di volte intorno all'enorme glande come una ragazza avida che sgranocchia un lecca-lecca prima di sforzarmi di metterci la bocca intorno. Mi faceva male la bocca mentre mi allungavo per cercare di inghiottire il cazzo. Ma la mia fame di divorare la sua gigantesca carne nera era enorme. Riuscivo a farmi entrare in bocca quell'enorme pene. Ho usato due mani per accarezzarlo mentre facevo correre la mia lingua intorno al glande. Lo succhiavo e la mia saliva gocciolava giù sul suo cazzo che luccicava ulteriormente. Ho sentito il mio cuore battere nel petto come tamburi di guerra mentre lui ansimava senza fiato. Riuscirei a prendere solo la metà della sua intera lunghezza e sentire i miei polmoni privati dell'aria. Gli ho preso tutto il cazzo e nel mentre mi sfiorava la gola. Il formicolio tra le gambe stava diventando insopportabile ed ero sicura che sentiva l'odore della mia vagina che sgocciolava. L'enorme vena cominciò a pulsare e ben presto uscì un fiume di sperma denso, salato e virile che si riversò nella parte posteriore della mia gola. Non mi ero mai reso conto che un uomo potesse sborrare in misura così eccessiva. Ingoiai tutto quello che riuscii a recuperare, ma il suo volume era così abbondante che iniziai a ricacciare i suoi deliziosi succhi dalla mia bocca in un breve istante. Mi sono sporcata le labbra, il mento e persino alcune gocce sono cadute sui miei seni. Ambrogio bruciava nella lussuria selvaggia e anche dopo essere esploso in bocca, la sua erezione era ancora dura e palpitante di vita. Mi portò via dalla vasca da bagno e mi sollevò. Posizionò le mie lunghe gambe sulle spalle mentre mi infilava la sua lingua spessa nella mia vagina. Tremavo tutta per la lussuria selvaggia mentre la sensazione elettrica si increspava lungo tutto il mio corpo. Mi sentivo come se tutta la mia cervice avesse avuto uno spasmo mentre mi leccava, affondava la sua lingua sul mio clitoride come una bestia affamata. Queste deliziose stimolazioni mi trasportarono presto sulle nuvole e mi trovavo sulla soglia di un tremendo orgasmo. Tutto il mio corpo tremava mentre esplodevo sulla sua bocca famelica; la mia passione eruttava come un vulcano intorno alla bocca, alla lingua e alle labbra. Era così peccaminosa, malvagia e proibita, eppure era così travolgente e rinvigorente. Ondate dopo ondate di delizia appassionata mi attraversavano il corpo mentre mi bagnavo in maniera spasmodica. La sensazione era così inebriante che avevo involontariamente fatto rotolare gli occhi fino alla nuca per assaporare ogni grammo di piacere che la bestia nera mostrava in tutto il mio corpo. Quando Ambrogio si alzò, lo baciai assaporando il mio stesso eccitamento sulla sua bocca. La mia lingua esplorava le profondità della sua bocca e sentiva che stava drenando l'aria dai miei polmoni. Non avevo mai fatto niente del genere con mio marito. Afferrai istintivamente il suo pene irrigidito e lo posi contro le labbra delle fica. Sentivo il suo brivido elettrico mentre il suo cazzo pulsante toccava le mie labbra e questo mi faceva venire la pelle d'oca. Stavo andando a peccare con un uomo nero, ma mi sentivo così emozionanta e desideravo essere una peccatorice. Mentre vedevo il mio riflesso nei suoi occhi pieni di lussuria, bruciavo nelle mie voglie selvagge. Ben presto, lui iniziò a spingere gradualmente i suoi fianchi in avanti esi spinse nel mio punto g, dove arrivai rapidamente a un tremendo orgasmo. Non c'era finezza nelle sue spinte, solo lussuria selvaggia, selvaggia e selvaggia, e desideravo disperatamente la sua brutalità. Lui si muoveva avanti e indietro, spingendomi a fondo e io ogni volta mi sforzavo di adattarmi alle sue dimensioni gigantesche. Tutte le volte che si spingeva in avanti, martellava il mio punto debole facendomi arrapare immediatamente. Una, due, tre volte, il mio corpo ha tremato come una foglia secca in una grandinata e presto ho smesso di contare contare le volte che mi pentrava. Ho guardato in basso e ho visto le mie labbra rosa allargarsi ogni volta che spingeva sempre più in profondità e più forte e vedevo come il suo cazzo entrava dentro la mia vagina. Era così estasiata, tanto da farmi sedere sulle nuvole dei cieli più alti. Ansimava ed era sommerso di sudore, mentre mi faceva toccare punti mai scoperti della mia femminilità. È stato il primo uomo che mi ha penetrato così tanto con i suoi colpi profondi, duri e virili, mentre sentivo le sue palle penzolanti che schiaffeggiavano il mio culo nudo. Gli ho messo le mani sul suo culo le ho afferrate con le unghie e le ho graffiate, solo per invogliarlo a scoparmi come una cagna in calore che ero. Non ero mai stata così sessualmente soddisfatta in vita mia. Sarei voluta rimanere agganciata al cazzo nero di questo giovane per sempre. Mi sentivo come se dovessi svenire in preda ad un'euforia elettrizzante quando sentivo il suo cazzo penetrarmi. Lui tremava, a me veniva il fiatone, entrambi urlavamo quando sentivamo ogni spruzzo del suo enorme pene che veniva contro la mia vagina; questo mi ha condotto a un altro orgasmo che ha quasi spaccato il mio corpo. Ora ho capito perché le donne nere hanno una famiglia così grande; non riuscivano a smettere di scopare i cazzi virili dei loro uomini. Avevo solo bisogno che non si fermasse mai.

Ambrogio mi ha baciato appassionatamente sulla bocca; potevamo sentire il nostro cuore che fremeva apice dell'intensa soddisfazione delle nostre voglie represse. Presto il suo potente fusto cominciò ad ammorbidirsi, e uscì dalla mia vagina che colava gocce del suo sperma. Cominciai quasi a piangere per quanto ero appagata, soddisfatta, dolorante e confusa. Mi resi conto che il sesso con mio marito non avrebbe mai più potuto appagarmi. Questo giovane era più uomo di quanto avessi mai sperimentato in vita mia e sono stata così fortunata ad averlo. Informai Ambrogio di non dire a nessuno del nostro piccolo segreto. Mi chiese se stessi bene, e io gli garantii che ero semplicemente esausta e intensamente soddisfatta delle sue energiche percosse. Mi ringraziò per aver realizzato la sua fantasia e lo baciai esprimendo la mia gratitudine. Ho soddisfatto questa mia perversione che è stata la migliore esperienza della mia vita e non la dimenticherò mai. I suoi occhi scintillarono per il mio riconoscimento e mi chiese se potessimo farlo di nuovo. Gli ho assicurato che ci avrei pensato poi mi vestii e uscii dal bagno.

14

IRRESISTIBILE TENTATRICE

Ero diretto verso la casa di Nymea in una zona elegante del Bronx per passare il fine settimana. Uscivamo insieme da circa tre mesi e abbiamo sempre trascorso meravigliosamente il nostro tempo insieme.

È una donna di colore, di quasi quarantatré anni, che sta attraversando una separazione dal suo primo matrimonio, e possiede un negozio di ferramenta a pochi isolati da casa. È una donna brillante, disinvolta, amante del divertimento, intelligente e formosa. Nymea è anche la madre di un figlio e di due belle bambine. La più giovane è ha diciannove anni e si chiama Kecia e vive a casa, studia alla Columbia University di Manhattan, dove si sta specializzando in contabilità.

Sono un un uomo di quarantun anni, magro e in forma, con capelli neri, occhi azzurri, divorziato, e vivo vicino al ponte GW Bridge nel New Jersey. Faccio il rappresentante farmaceutico a Manhattan.

Quella domenica Nymea ha ospitato me e alcuni dei suoi amici, tra cui il marito con il quale è in procinto di divorziare e il padre di Kecia, Richard.

Dovevamo vedere la partita tra i New York Giants e i New York Jets, mangiare, bere e scambiarci due chiacchiere.

Verso le 7:00 di quella domenica, Nymea doveva andare a casa di una cugina a prendere delle sedie pieghevoli e una squisita salsa barbecue che suo cugino aveva cucinato. In realtà, la cugina avrebbe dovuto portare con sé il tutto, ma purtroppo, ha avuto un imprevisto a lavoro che le ha fatto saltare programma della serata perdendo la divertente riunione. Questo contrattempo ha costretto Nymea a compiere un viaggio di novanta minuti, da sola, sulla sua monovolume per andare a prendere il necessario per la festa.

Dopo che Nymea se n'è andata, sono salito al bagno, mi sono spogliato per fare pipì e ho fatto una doccia veloce. Ho lasciato l'entrata del bagno socchiusa per un attimo, senza badare al fatto che ci fosse qualcuno in casa. Dopo aver tirato lo sciacquone, mi sono girato e ho trovato Kecia che osservava la erezione mattutina.

"Dannazione, non c'è da stupirsi che tu piaccia alla mamma", ha preso in giro Kecia con un ghigno malizioso mentre mi fissava il cazzo. Era vestita con i suoi mini-pantaloni corti blu a vita bassa che davano modo di osservare le sue abbondanti natiche rotonde e la pancia piatta. Aveva inoltre una maglietta bianca corta che adagiava sulle sue enormi tette succulente. Si poteva osservare anche il perizoma per via dei mini-pantaloni a vita bassa.

"Spero che il nostro affetto sia più profondo di otto centimetri", le ho detto passando davanti a lei. Ho pensato che non fosse il momento migliore per fare una doccia con una ragazza dispettosa che sgattaiolava e faceva capolino per tutta la casa.

Un paio di momenti dopo, bussò all'ingresso della camera da letto dove mi trovavo e Nymea chiese: "Potresti aiutarmi a trovare il mio orecchino? L'ho perso sulla moquette del pavimento".

"Fammi mettere dei vestiti e arrivo subito, tesoro", risposi stupefatto dalla sua improvvisa apparizione, soprattutto perché ero sdraiato sul letto in mutande, con l'erezione che puntava verso il soffitto.

Mi sono messo un pantaloni blu e una polo abbinata e mi sono diretto in camera di Kecia.

Nel momento in cui mi ritrovai nella stanza di Kecia, rimasi sbalordito dal fatto che portasse solo le mutande e la maglietta. Si mise in ginocchio e poggiò la testa sul tappeto scrutando sotto il letto. I suoi glutei neri sembravano bolle d'aria, la sua pelle di bronzea era molto più brillante e radiosa di quella di sua madre.

Il perizoma rosa divideva la sua vagina al centro e spariva tra le sue pieghe rosee. Era uno spettacolo ipnotizzante a cui stavo assistendo, e sentivo il mio cazzo tremare mentre la mia mente affollava di ogni sorta di pensieri illeciti.

Con la mia bocca spalancata che guardava quella bellezza nera mi trovavo all'ingresso. Ho lasciato che i miei occhi banchettassero davanti a quella vista deliziosa e il mio cazzo ebbe un erezione.

Kecia si voltò verso di me e mi disse: "Mi aiuteresti a trovare i miei anelli?

Poi i suoi occhi si sono spalancati. Era un po' perplessa e mi disse: "Immagino che tu mi stia fissando il culo!

Ho abbassato gli occhi e il mio cazzo stava praticamente spuntando fuori attraverso la cerniera dei miei pantaloni. "Dannazione, perché diavolo ho dimenticato di chiudere la cerniera? Cosa penserebbe Kecia di me? Accidenti! Dannazione! Dannazione!" Mi sono maledetto da solo.

"Oh, mi dispiace tanto", dissi timorosamente, sforzandomi di nascondere il mio imbarazzo.

"Lascia che i utilizzi i tuoi occhi per aiutarmi", osservò girando la testa e mi fece mostra delle sue voluttuose chiappe.

"Ehi, non mi aiuti a trovare?" E fece tre deliziose mosse con le sue natiche.

Per l'amor del cielo! Dato che le sue gambe erano unite, saltai e mi posizionai con le ginocchia al di fuori delle sue gambe. Presi il cazzo in mano e glielo posizionai sulle vicino alle sua fica che era già bagnata. Utilizzando il mio pene spostai le mutande a lato delle sue labbra.

Spingendo un po 'più forte, il mio glande scivola nella sua figa affamata. Mi sento quasi rabbrividire da quella stimolazione tremenda dovuta alla sua figa che avvolge la mia erezione come una calda coperta. "Spero di aiutarti adesso?" Mi sono informato.

"Tu... mi stai... aiutando..." rispose con una risatina dispettosa.

Mi spinsi più avanti e iniziai con ritmo, facendo scorrere il mio pene pulsante fino alla base, trascinandolo fuori fino al glande e poi sbattendolo delicatamente dentro. Con le mutande color rosa brillante che scivolavano sul suo culo nero, sembrava quasi una DIVA glamour.

Ho iniziato a martellare la sua figa più forte e più veloce e il suo culo si era arrossato per via della mia foga. Bruciavo dalla voglia di possedere questa bellezza nera e volevo godermi ogni grammo della sua irresistibile seduzione femminile.

Kecia cominciò a massaggiare il suo clitoride con le dita e a fare gemiti appassionati. I suoni della nostra avventura amorosa risuonavano in tutta la stanza e il suono della sua vagina soda prorompeva e ciò non faceva altro che aumentare la mia lussuria bestiale. Ben presto si mise perfettamente a quattro zampe.

Così, ho afferrato i suoi fianchi neri lucenti con le mie mani bianche e facendole dondolare tutto il suo corpo avanti e indietro penetrandola con il mio cazzo e schiaffeggiandola con le mie palle ogni volta che la martellavo. Si è adattata al ritmo da me imposto come una cagna in calore. Quando il mio cazzo arrivò sino in profondità lei gemette come un maiale selvatico, urlò molto vivacemente. Presto, ha iniziato a fare dei suoni animaleschi molto forti e stupefacenti. Ero il suo fuoco in una notte fredda, il sole che le riscaldava la pelle in una fredda mattina di primavera, il vento che le accarezzava il viso in un giorno d'autunno. Ero tutto ciò che la faceva sentire viva, bella e intera. E potevo dirlo dai gemiti pieni di lussuria che le esplodevano dalle labbra succose e dai suoni di che le uscivano dalle labbra rosee.

La sua figa stretta e bagnata mi schiacciava a fondo il cazzo in una serratura d'amore a 360 gradi. Il suo martellamento indietro veloce e duro sul mio cazzo ha esploso le mie emozioni in un breve periodo di tempo e ho esclamando quasi come se stessi ringhiando, "AAARRGGGGHH!

Sono venuto nella sua fica senza aver utilizzato delle precauzioni. Il pericolo che potesse rimanere incinta era assolutamente inebriante.

Kecia non ha avuto un orgasmo da me, eppure prima che tirassi fuori il cazzo dalla sua figa, le massaggiavo e accarezzavo vigorosamente le sue labbra. In un breve lasso di tempo esplodeva di passione emettendo un grido di gioia. Sono suoni eccezionalmente provocatori e beati per le mie orecchie.

Il mio cazzo flaccido spuntò fuori dalla sua succosa vagina e mi alzai in piedi dicendo: "Mi dispiace, non ho potuto aiutarti a trovare il tuo orecchino".

Kecia si girò sul tappeto del pavimento e mi sorrise con sguardo malizioso: "Sono brava come la mia mamma?".

"Siete entrambe uniche e straordinarie", risposi, "Ma tu hai una passione sfrenata rispetto a tua mamma".

"Grazie per avermi aiutato con gli orecchini, Neal". Dopo ciò, era riuscita a ritrovare i suoi orecchini perduti sul tappeto.

"Forse posso aiutarti con qualche altro ritrovamento", osservai e sorrisi mentre me ne andavo.

La festa andava avanti a pieno ritmo da circa un'ora. La musica, il vino e le birre, il cibo delizioso, tutto era veramente rigenerante. Quasi tutti erano un po' tutti alticci, a parte i piccoli presenti. C'erano circa venti persone che facevano festa e tutti si divertivano a guardare la partita, a fare il tifo per la squadra, a gridare alla TV o a chiacchierare animatamente tra di loro.

Dopo due birre, avevo bisogno di pisciare di brutto, eppure il bagno al piano di sotto era già occupato. Così, mi sono precipitato al bagno di sopra e ho svuotato l'intestino. Cavolo, fare pipì può dare una soddisfazione eccezionale, soprattutto quando la pressione repressa diventa insopportabile.

Ho lasciato il bagno e quello di Kecia era proprio davanti a me, ancora una volta.

"Ho perso di nuovo gli orecchini. Non vuoi aiutarmi di nuovo?" chiese timidamente.

"Diavolo! Sì! Diamo un'occhiata veloce" dissi stringendo uno dei suoi succulenti seni.

Seguendola in camera da letto, chiusi la porta a chiave dietro di me. Non perdendo tempo, si tolse la gonna corta, le mutande e si sdraiò con le gambe spalancate.

Mi abbassai i pantaloni per scoprire la mia virilità che si stava indurendo. Kecia agitava con entusiasmo i suoi glutei neri come una sporca puttana che attirava il suo cliente. Sdraiata sopra il suo corpo lussureggiante e radioso, ho messo il mio cazzo nella sua splendida fessura del culo e l'ho mossa su e giù gradualmente.

"MMMMMMM..." si contorceva.

In pochi istanti, il mio cazzo pulsava forte e l'ho fatto scivolare in profondità. Era così bagnata che non ho avuto problemi ad infilarlo dentro la sua fica. Lentamente cominciai a spingere dentro e fuori con il mio pene più profondamente possibile. Il volto di Kecia era sepolto nel cuscino e stava facendo un appassionato "MMMFFF! MMMFFFF!" sembrava suonare in concomitanza dei miei colpi. Era una ragazza intelligente e cercava di trattenere la sua voce così da non farci sentire dagli altri.

Il suo culo carnoso si appoggiava leggermente per andare incontro al mio cazzo e, mentre aumentavo il mio ritmo e scendevo maggiormente in profondità, i suoi mugugni si accordavano con le mie spinte passionali. Abbiamo scopato vigorosamente così per circa dieci, quindici minuti.

"Non lo sapete? Il modo in cui mi tocchi, mi riempi, mi fa venire voglia di più. Il modo in cui tocchi le mie curve fa in modo che alimenti il mio desiderio innalzandolo sino al suo apice. Il modo in cui la tua erezione conquista le mie parti intime, mi rende solo più appagata e rilassata". Parlò tra un gemito e l'altro. Tremavo per il fatto che stavo realizzando ciò che la lussuria la portava a bruciare l'anima; mi sentivo quasi consumato e il fuoco della passione mi bruciava fino a ridurmi in cenere. Presto, aumentai il ritmo delle mie spinte il più forte possibile e colpii forte la sua vagina, venni vedendo la sua figa divorare la mia erezione. La sua figa venne come se fosse una fontana senza fine; sentii i miei il mio sperma schizzare dentro di lei.

"Non credo che abbiamo scovato i suoi orecchini, ma solo un

ardente passione", ho osservato mentre le baciavo lungo la sua schiena abbagliante, lucida e nera. Lei annuì solo con un cenno di approvazione e respirò a pieni polmoni per calmare le sue emozioni. Capii che aveva bisogno di un po' di riposo prima di tornare nuovamente alla festa.

"MMMMMMM..." fu la sua unica risposta dopo un po' di tempo.

L'idea di farla rimanere incinta è stata per tutto il tempo inebriante.

Mi alzai, le baciai il collo e le spalle, mi tirai sui pantaloni e mi avventurai fuori dalla sua camera da letto. Dovevo andare in bagno a pulirmi prima di andare alla festa; non potevo certo correre il rischio di essere colto in flagrante dal frutto della nostra passione.

Mentre uscivo dal bagno, ho sentito dei suoni particolari che provenivano dalla stanza di Nymea.

Dirigendomi verso l'ingresso marginalmente chiuso, ho sentito un delicato sbuffo e un rumoroso lamento animalesco che mi era così familiare.

"Nymea!" Sussurrai e sbirciai nella stanza.

Quello che ho visto mi ha assolutamente sbalordito. Ho trovato l'ex marito di Nymea che cavalcava il grande culo di Nymea, la scopava come un toro che alleva una mucca, la scopava proprio come avevo scopato Kecia qualche momento prima!

Nymea era completamente nuda dalla vita in giù, le sue tette voluttuose dondolavano avanti e indietro secondo le vigorose spinte che Richard le dava, i suoi gemiti e lamenti proclamavano la sua deliziosa cavalcata, le sue gambe erano spalancate e il suo viso era sepolto nelle coperte; faceva del suo meglio per non essere troppo rumorosa e trattenere la voce. I jeans di Richard erano ritirati sulle ginocchia; il suo culo nero sbatteva forte, veloce, e le palle in profondità sbattevano fortemente.

Nymea ha un culo abbondante, morbido che è quasi due o tre volte più grande di Kecia. Le sue forme decorano magnificamente i suoi fianchi, la vita e il culo. Dio, amo il suo culo grande e ricco più del perfetto culo giovanile di Kecia di diciannove anni. Ad essere onesti, questo è molto più provocatorio e allettante per me. Ho guardato il culo di Nymea che si muoveva per le energiche spinte di Richard e il suo enorme cazzo nero che si faceva seppellire le palle in profondità nella sua vagina. Inoltre, il suo culo abbondante veniva schiacciato e distorto dal brutale sbattere di Richard. Con mia grande sorpresa, Richard ha tirato fuori il suo cazzo luccicante e palpitante dalla sua fica e l'ha sbattuto ancor più forte e in profondità facendola urlare di dolore e di piacere. Sorprendentemente, guardare il suo culo che veniva scopato e aggredito mi eccitava. Nymea ha avuto un orgasmo tremendo per l'eccitante sensazione e ho guardato il suo corpo quasi tremare e la sua figa che pareva quasi che fosse colpita da scosse elettriche.

Richard è venuto immediatamente e rumorosamente, Nymea stava quasi urlando mentre stava per avere un altro orgasmo. Ho concluso che ciò che mi faceva più male non era che Nymea lasciasse che Richard le sbavasse sul collo, che si aprisse per ricevere il suo grosso cazzo nero molto più grande, o che scopassero per diversi minuti inconsapevoli della mia presenza fuori dalla porta e che mostrassero la sua resistenza, non i piacevoli rumori e i gemiti di estasi che lei faceva mentre lui la scopava... faceva l'amore con la mia fidanzata. No, quello che mi faceva più male era che Nymea si godeva ogni momento del cazzo di Richard che sbatteva forte, veloce e profondo nella sua figa e che lei gli diceva di venirle dentro. Le piaceva così tanto che era disposta ad accettare il suo seme nel suo fertile corpo seppur stessero divorziando e lei era fidanzata con me.

15

IL DESIDERIO DI SOTTOMISSIONE

Questa è la storia di come ho realizzato le mie preferenze e i miei desideri. Della mia personalità e del mio fisico posso dirvi che sono una donna di 29 anni, bruna e magra. Per farla breve: gli uomini si girano dietro di me appena entro nella stanza. Quando indosso i miei vestiti preferiti, che consistono di minigonne, calze di nylon e tacchi alti, so di essere la persona più desiderata all'interno della stanza. Mi piacciono gli sguardi struggenti degli uomini e gli occhi pieni d'odio delle donne quando si rendono conto che improvvisamente sembrano non esistere più quando i loro uomini mi fissano. Sono deliziosamente malvagia e maliziosamente seducente nei giochi di tentazione.

Cinque anni fa, ora, dopo varie relazioni con uomini diversi, ero stanca di cercare il "giusto". Avevo sperimentato troppe delusioni, avevo incontrato troppi uomini egoisti. Tanto buono come a letto, quanto sgradevole nella vita di tutti i giorni. Volevo solo essere trattata bene, volevo essere apprezzata e adorata secondo il mio aspetto e la mia personalità.

È così che ho incontrato Andrew quando mi sono ritrovata seduta da sola in un caffè e ho pensato se avrei indirizzato la mia vita nella giusta direzione. Sentivo uno sguardo che mi si posava di lato. Con la coda dell'occhio ho notato un uomo di circa 30 anni che riusciva a controllare il suo sguardo. Indossavo il mio abito seducente preferito, anche se non ne avevo voglia di conoscere nessuno quando sono uscita di casa.

Quando l'ho guardato per un attimo, faceva fatica ad allontanare velocemente il suo rossore. Mi ha divertito, e l'ho guardato più da vicino. Guardava teso in un'altra direzione, così ho potuto lasciare che i miei occhi si posassero su di lui in pace. Aveva un bell'aspetto, capelli biondo scuro e folti, una figura snella che non sembrava troppo atletica, ma comunque che si presentava bene. I suoi vestiti confermavano la mia impressione di una persona ben curata. Tuttavia, sembrava molto timido. Quindi molto diverso dagli uomini con cui avevo avuto a che fare prima.

Mi chiedevo se l'avessi incontrato qualche tempo fa e perché l'avessi notato nella situazione molto emotiva in cui mi trovavo, quando con attenzione ha girato la testa verso di me e mi ha guardato dritto negli occhi - e allo stesso tempo spaventato - imperterrito. Prima che potesse di nuovo distogliere lo sguardo, mi è venuto in mente un sorriso sul mio viso, che ha ricambiato diventando rosso vivo.

Nel bene e nel male, avrei dovuto prendere l'iniziativa se avessi voluto parlare con lui. In qualche modo, era tentata dal pensiero di avere qualcuno al mio fianco che mi venerasse. Cominciai a chiedermi se potesse essere lui ad esaudire tutti i miei desideri. Fu proprio questo pensiero che mi provocò uno spasmo nella fica. Sapendo che io mi eccito subito, mi resi immediatamente conto che le mie mutandine avevano appena iniziato a bagnarsi. Sì, ora ero sicura: volevo prendere questo ragazzo, volevo testare fino a dove potevo arrivare. Era un po' timido, ma mi piaceva immensamente.

Ho incrociato le gambe in modo che potesse vederle, e con un sorriso affascinante gli ho detto: "Vuoi unirti a me per un caffè? Rimase sorpreso, probabilmente a causa del mio discorso improvviso (lo aveva colpito soprattutto il mio tono profondamente deciso e seducente), e mi fissò con incredulità. I suoi occhi lo tradirono perché si spostarono immediatamente sulle mie gambe e rimasero bloccati lì. "Ehi, sì, intendo te. Vieni, per favore, siediti con me. Mi farebbe bene un po' di divertimento!". Ancora una volta, mi guardò in totale stordimento, raccolse i suoi sensi scossi, sorrise nervosamente, e si alzò per sedersi a tavola con me.

Si presentò, si schiarì la gola e chiese se potesse aiutarmi in qualche modo. Nel tono della chiacchierata, gli ho spiegato che raramente vado in un caffè da sola e che era molto strano per me sedermi da sola a tavola, così gli ho chiesto di sedersi con me. Ho notato che era completamente assente e mi fissava sguardo incantato le gambe e soprattutto i piedi nelle scarpe alte. Continuai con un tono amichevole, ma accattivante, raccontandogli del bel tempo e facendo rimbalzare intenzionalmente il piede per guardare i suoi occhi che seguivano i movimenti. Dovevo sorridere. Era divertente e volevo di più! "Ti piacciono le mie gambe?" Gliel'ho chiesto direttamente. Di nuovo, è arrossito perché si è sentito preso. "Toccale se vuoi", l'ho incoraggiato. Con sguardo devoto, mi ha passato la mano delicatamente sulle mie cosce calze, con lo sguardo ancora fisso sui miei piedi. "Ti piacciono i piedi? Glielo chiesi e mi fece un timido cenno.

Ho riflettuto un attimo, mi sono guardata intorno e ho visto che eravamo completamente soli in un angolo del caffè. "Vorrei che mi baciassi i piedi". Lo faresti per me adesso?". Scioccato, si guardò intorno, ma non osò. Ho dovuto incitarlo in maniera più esigente. "Dai, vai avanti. Nessuno ti vede. Se lo fai, allora puoi incontrarmi di nuovo!".

Dev'essere stato il tono giusto e la promessa giusta, perché si è inginocchiato e mi ha baciato la parte posteriore del piede con attenzione e con molta tenerezza. Ho chiuso gli occhi e mi sono goduta la sensazione delle sue labbra calde e umide che scorrevano sulla mia pelle. Sì, mi ha anche fatto eccitare. Sentivo il mio cuore battere come una grancassa. Di nuovo, sentivo l'inconfondibile segno dell'umidità nelle mie mutandine.

Seguendo un impulso, mi sono piegata in avanti, mi sono avvicinata ai suoi capelli e ho diretto la testa dove volevo che andasse. "È bello quello che stai facendo. Mi formicola tutto il corpo. Sei pronto a viziarmi ancora di più? No! Non dire niente! Se sei pronta per questo, allora baciami le scarpe adesso!".

Con impazienza si è baciato verso il basso e ha baciato la morbida pelle delle mie scarpe. Fino alla punta, che prese leggermente tra le labbra e le succhiò un po'. Oh, com'era eccitato! All'improvviso ho capito che volevo quest'uomo. Volevo ancora di più la sua tenerezza, il fervore con cui cercava di viziarmi. Ho aperto leggermente le cosce e gli ho permesso di vedere le mie mutandine. Questo sguardo devoto mi convinse, ed ero sicura di fare la cosa giusta.

In breve, siamo diventati rapidamente una coppia. Lui era così premuroso e attento. Di nuovo, e di nuovo, mi ha sorpreso con piccoli doni e gentilezza. Scoprii che aveva ereditato molti soldi e che poteva vivere la sua vita in modo completamente indipendente. Aveva una lingua incredibilmente sensibile, che imparò ad usare velocemente. Mi piaceva il fatto di potermi sedere sul divano, e senza ulteriori richieste si inginocchiò davanti a me per coccolarmi dai piedi fino alle profondità della mia femminilità. Ben presto mi deliziò facendomi avere orgasmi ogni volta che ne avevo voglia.

L'unica cosa che non andava bene era il suo membro eretto. Era di dimensioni normali, ma difficilmente riusciva ad averlo duro. Se avessi avuto bisogno di una vera scopata, non sarebbe stato il partner giusto per me. All'inizio era stato frustrante, ma mi ci sono abituata, sì, ho iniziato a godermi questa situazione. Questo perché lui si sforzava seriamente di usare la lingua offrendo tutti gli omaggi possibili alla mia fica. Metteva sempre le mie preferenze al primo posto, e non era un'eccezione. Sembrava che gli bastasse darmi un gran sollievo e poi si accontentava. Il più delle volte gli mettevo i miei piedi calzati sul viso o mi facevo succhiare le dita dei piedi mentre si masturbava. Ho anche notato che diventava mentalmente sottomesso quando mi contorcevo, stringevo e gli tiravo i capezzoli con i pollici e gli indici. Più diventava arrapato, più riuscivo ad afferrarlo.

Non passò nemmeno mezzo anno e mi chiese di sposarlo. Aveva prenotato per noi un albergo molto romantico, e ci siamo seduti in terrazza in una calda serata estiva con un buon bicchiere di vino. Quando si è inginocchiato davanti a me, all'inizio ero confusa perché non avevo chiesto i suoi servizi speciali. Quando ha alzato la mano al suo discorso, ho capito a cosa stesse portando tutto questo. Non appena ho sentito le sue esatte parole mi sono concentrata sulla possibilità di avere pronta la risposta giusta quando la domanda cruciale sarebbe arrivata.

Quasi non le ho sentite. Ho guardato in profondità nei suoi occhi blu, gli ho sorriso e ho detto: "Mi piacerebbe molto sposarti, mio caro! Ma prima di dire "sì", vorrei che fissassimo alcune regole per la nostra vita futura. Vorrei che facessimo un contratto per questo. Ti va bene? Poi potrai decidere se vuoi ancora sposarmi!". Un po' deluso, ma spero che sia d'accordo. Ho chiesto qualche giorno per redigere il contratto e poi ci saremmo incontrati nel suo appartamento. Dopo essermi consultato con un mio amico avvocato, ho redatto il contratto che avrebbe cambiato le nostre vite, ma che allo stesso tempo le avrebbe sigillate. Ho lavorato in modo oculato, e Andrew è rimasto sorpreso quando l'ho contattato il terzo giorno, e gli ho detto che sarei andato da lui la sera per presentargli la mia proposta (l'avevo formulata così perché volevo dargli la sensazione che potesse aiutarmi a decidere).

Per questa serata speciale era necessario un abbigliamento speciale. Decisi di indossare dei collant trasparenti, la mia minigonna corta in pelle nera e un top che cadeva dolcemente. Per i miei piedi avevo scelto dei sandali di fantasia, che mettevano in mostra le mie unghie dei piedi dipinte di rosso. Sapendo che si sarebbe eccitato solo alla loro vista, avevo già le mie emozioni che sgorgavano su e giù per la colonna vertebrale e mi facevano rabbrividire. Mi legai i capelli in una treccia rigida, impacchettai gli utensili precedentemente acquistati e il contratto preparato in triplice copia. Questa serata sarebbe diventata indimenticabile per lui e lo avrebbe legato a me per sempre, ma alle mie condizioni.

Andrew mi aprì la porta e mi guardò con quello sguardo ammirato che mi piaceva tanto di lui. Ci siamo seduti in un angolo del divano e abbiamo chiacchierato degli ultimi giorni.

Diventava sempre più nervoso, non riusciva a distogliere lo sguardo dai miei piedi provocatoriamente posizionati. Quando ho avuto la sensazione di averlo lasciato agitarsi abbastanza a lungo, ho fatto un respiro profondo, l'ho guardato negli occhi e gli ho detto: "Vorrei che ogni tanto ti spogliassi e ti inginocchiassi davanti a me". Spero che ti sia tolto i peli del corpo come volevo. Voglio controllare prima questo".

Mentre lui si affrettava a sbarazzarsi dei vestiti, io ho messo sul tavolo una copia del contratto. Mentre si inginocchiava davanti a me, gli afferrai senza esitazione i capezzoli, li attorcigliai e li feci roteare abilmente in modo che, come sapevo, cominciò subito a lamentarsi. Di nuovo, lo guardai profondamente negli occhi.

"Mi ami con tutto il tuo cuore?". Mi domandai severamente.

"Sì!". La sua risposta balbettava.

"Sei pronto a metterti nelle mie mani? Sai che mi piace prendere le decisioni!". Ho premuto più a fondo.

"Sì!" Rispose con labbra tremanti.

Scivolai un po' in avanti, in modo che la mia gonna mi spinse in alto, e lui aveva una chiara visione della mia figa pulita e rasata. Ha infilato un dito dentro e ci ha infilato il naso. Ha inalato quell'odore dolce e leccato il mio succo chiudendo gli occhi.

"Pensi di essere pronto a piegarti alla mia volontà e ad esaudire ogni mio desiderio?". Non lasciavo nulla di intentato per verificare se era pronto a sottomettersi a me.

"Sì", balbettava di nuovo.

Sapevo che non aveva alcuna possibilità. La sua eccitazione e la sua naturale sottomissione, incoraggiata dal lavoro sui capezzoli, lo rendeva pronto per quasi ogni confessione.

"Se ne sei consapevole e sicuro, ora puoi voltarti e leggere il contratto". Ma resta in ginocchio, voglio continuare a sentirti e averti ai miei piedi". Ho premuto la sua testa ancora una volta sulla mia scarpa in modo che potesse baciare le punte dei miei piedi e poi l'ho liberato in modo che potesse girarsi.

"A quattro zampe!" Lo istruii brevemente. Mi sono seduto sulla sua schiena, ho strofinato la mia fica contro la sua spina dorsale e ho l'ho afferrato con entrambe le mani, gli davo dei baci leggeri sul collo e gli facevo roteare di nuovo i suoi capezzoli. Ansimando mi ha confessato che ha trovato difficile concentrarsi sulla carta davanti ai suoi occhi. Era proprio quello che volevo io.

Cominciò a leggere. Questo era - per estratti - il contenuto:

1. Tu mi onorerai e seguirai sempre la mia volontà.

2. Metti tutti i tuoi bisogni e i tuoi desideri dopo i miei.

3. 3. Mi darai il totale controllo delle tue finanze.

4. 4. Controllo la tua vita e quello che fai.

5. 5. Vivrò la mia vita come voglio senza obiezioni da parte tua.

C'erano alcuni punti in più, ma questi erano quelli decisivi. Alla fine, avevo scritto la seguente frase:

"Ti amo con tutto il mio cuore e mi impegno a non farti alcun male. Rimarrò sempre con te e mi prenderò cura di te, ti amerò, e mi assicurerò che tu stia bene - secondo le circostanze sopra menzionate".

Ho visto che aveva finito di leggere, e ho aumentato i miei sforzi per mantenerlo entusiasta. Ho allungato la schiena e con una mano e ho stimolato il suo buco del culo. Avevo notato prima che gli piaceva molto, ma fu solo quella sera che cominciai a toccarlo. Il suo lamento eccitato mi ha fuorviato dell'effetto che avrei desiderato. Lentamente ho spinto un dito dentro, ho superato la resistenza del suo sfintere e gli ho chiesto se fosse pronto a firmare il contratto.

Andrew non poté farne a meno. Lo tenevo in mano. Il mio controllo su di lui era assoluto e irresistibile. Alzò la mano, prese la penna pronta e firmò, mentre io lo scopavo nel culo con il dito medio della mano sinistra e gli torcevo i capezzoli con la destra. In qualche modo, sono anche riuscito a strofinare la mia scarpa contro il suo cazzo, e nel momento in cui ha firmato, è esploso alla beatitudine orgasmica con un forte gemito e ha spruzzato il suo sperma sul tappeto morbido.

Fino al nostro matrimonio, avvenuto poco tempo dopo, ho perfezionato il nostro gioco di attrazione e soppressione. Dopo la stravagante celebrazione, siamo andati nella sala delle nozze. Lì gli ho permesso di scoparmi di nuovo. Gli è stato permesso di prendermi in ogni possibile posizione, cosa che ha anche provato. Ad essere onesti, non mi ha dato molto, e sono rimasto un po' delusa quando ha avuto un orgasmo dopo circa mezz'ora e poi si è addormentato immediatamente. Ho preso un appunto mentale e, dopo qualche sforzo, sono anche caduta in un sonno profondo.

Mi sono svegliata perché la mattina, nel sonno, si era rannicchiato contro di me. I suoi abbracci erano così morbidi e teneri. Lo amavo e mi sentivo molto a mio agio mentre giaceva dietro di me come un cucchiaio. Misi la mano tra le gambe e mi eccitai all'istante. Con attenzione mi sono liberata dal suo abbraccio e l'ho girato sulla schiena.

Mi accovacciai su di lui e mi strofinai il clitoride. Sì, il liquido scorreva immediatamente. Abbassai il grembo e venni a sedermi sul suo viso con la faccia posizionata verso il suo torso. Ho strofinato il clitoride contro il suo naso avanti e indietro; lentamente ha cominciato a svegliarsi. Quando si rese conto di ciò che stava accadendo, sentii la sua lingua iniziare a circondare il mio clitoride, proprio come piace a me. Ora tutto quello che dovevo fare era mettergli tutto il mio peso sul viso, e potevo raggiungere l'orgasmo da sola. Stimolandolo, gli ho attorcigliato i capezzoli e ho guardato il suo cazzo diventare duro. Quando ha voluto toccarsi, ho spinto la sua mano da parte. No! Ora solo io volevo la mia soddisfazione. Lui avrebbe dovuto aspettare.

"Mmmm! Questo è il mio bravo ragazzo. Bello e lento! Non abbiate fretta, abbiamo tutti il nostro momento. E passerai gran parte di questo fine settimana con la faccia tra le mie cosce. Questo ti rende felice, tesoro?" Ansimavo mentre sentivo la sua lingua che mi offriva omaggi orali.

"Sapevo che sarebbe stato così. Sei proprio un angelo. Ti piace portarmi all'orgasmo con la tua lingua. Sentirmi fremere e tremare con le tue labbra", respiravo forte mentre raggiungevo lo zenit orgasmico.

"Deve renderti così orgoglioso la realizzazione di ciò, soprattutto se si considera la tua pietosa scusa del pene. È così piccolo e schizza così facilmente che non potrebbe mai soddisfare una donna. Sei così fortunato ad avermi trovato. Non mi importa del tuo piccolo fagiolo. Mi importa solo della tua lingua", ho affermato e all'improvviso mi è venuta la pelle d'oca su tutto il mio corpo nudo.

Il pensiero di voler controllare la sua eiaculazione e l'equilibrio ormonale in futuro mi ha reso incredibilmente eccitata, e mi è venuto il mal di testa per tutti i pensieri che passavano nella mente. Ho avuto un orgasmo molto intenso, il mio corpo tremava e la mia figa sussultava e tutto ciò mi ha portato ad un orgasmo che lui ha succhiato avidamente. Diceva sempre che per lui era la bevanda migliore del mondo. Molto bene, dovrebbe averne abbastanza? Mentre il mio orgasmo si calmava lentamente, sentivo il battito sfrenato della mia vescica, che mi ricordava che di solito devo andare in bagno come prima cosa al mattino. So che al mattino ha un odore molto intenso, poichè rimane nei reni per un lungo periodo di tempo. Ma non volevo dispiacermi per lui. Ero determinata a sottometterlo assolutamente, così ho fatto pipì nella sua bocca ancora ingorda. Voleva fare un passo indietro, ma mi sono seduto su di lui così saldamente che non riusciva a muoversi. Un altro po' di roteazione dei capezzoli e cominciò a inghiottire. Ho visto il suo corpo resistere, anche soffocando un po', ma ero implacabile e ho fatto pipì. Mi lasciai leccare le ultime gocce con gusto, solo allora dissi le mie prime parole: "Buongiorno, mio amato marito". Hai fatto bene. Potete ringraziarmi per avervi dato tanto da bere così presto. Leccami il buco del culo!".

Con queste parole sono scivolata un po' in avanti, così che ora potrebbe rovinarmi il sedere con la lingua. Ero curiosa, ma non mi sorpresi quando obbediva alle mie istruzioni. Gli ho lasciato qualche minuto di tempo e gli ho impedito di toccarsi. In cambio, di tanto in tanto strofinavo il seno su di lui e mi chinavo anche per viziarlo un po' con la bocca. Ogni volta che sentivo che stava per venire, smettevo di toccarlo e aspettavo che si calmasse di nuovo.

Quando ne ho avuto abbastanza, mi fermavo con le mie labbra e lo iniziai a succhiare con gusto. Non ci è voluto molto sforzo e il suo sperma caldo mi è entrato in bocca. L'ho succhiato fino all'ultima goccia e sono scesa da lui. Un giro veloce e mi sono sdraiato sulla sua pancia, il suo viso vicino al mio. Ho afferrato le sue mascelle, ho premuto in modo che la sua bocca si aprisse leggermente, e gli ho dato un bacio appassionato alla francese, lasciando che il suo succo scorresse in profondità nella sua gola. Di nuovo, non poteva ritirarsi, e ho premuto le mie labbra su di lui fino a sentirlo inghiottire.

Mi staccai dalle sue labbra, guardai in profondità nei suoi occhi devoti, gli diedi uno schiaffo leggero, e confermai che doveva abituarsi a una cosa del genere ora che era mio e che doveva fare tutto quello che volevo.

Il giorno dopo siamo dovuti tornare a casa nel nostro e ritornare al nostro ambiente familiare. Nel frattempo, mi ero trasferita nel suo attico. Era composto da diverse stanze, tre bagni, un grande soggiorno con annessa terrazza che non poteva essere vista dall'esterno. Quando siamo arrivati, gli ho fatto prendere il piccolo pacchetto che avevo preparato in anticipo sul letto. Lo presi e lo misi in modo significativo sul tavolo.

"Vorrei godermi questa serata con te. Per favore, scegli dal mio armadio le cose che più vi piacciono di me. Voglio essere bella e desiderabile per te". In risposta, ha detto inutilmente che ero comunque desiderabile, indipendentemente dai miei vestiti. Ciononostante, ha aperto l'armadio ed ha scelto l'abito con cui mi aveva incontrato. Mi cambiai rapidamente e nel frattempo gli chiesi di spogliarsi completamente. Quando entrai di nuovo nella stanza, Andrew si sedette sul divano e mi guardò in attesa. Mi alzai in piedi davanti a lui con le mani sui fianchi.

"Ora che tutto è stato sigillato, vorrei chiarire e chiarire il nostro rapporto tra di noi. In ginocchio davanti a me. Le mie scarpe sono un po' impolverate, pulitele con la lingua!". L'ha fatto senza contraddizioni. "Tu sai che sei l'uomo ideale per me. L'unica cosa che mi dà fastidio è che non ti irrigidisci mai veramente e non riesci a soddisfarmi. Rimedierò a questo. Alzati!" Ho allungato la mano e ho aperto il pacco. All'interno c'era una gabbia per il pene che avevo ordinato in uno speciale negozio online per adulti.

"Metti le mani sulla schiena e chiudi gli occhi", ho ordinato.

Poi ho preso il suo membro e ho messo la gabbia su di lui. Gli ho permesso di aprire gli occhi e ho visto a malapena come ho chiuso la serratura di metallo.

"Cosa stai facendo?" mi chiese con orrore.

"Farò in modo che in futuro ti sbarazzerai dei tuoi ormoni solo secondo la mia volontà", con queste parole ho ripreso il mio popolare metodo di torcere i capezzoli. Immediatamente un gemito si staccò dalle sue labbra e socchiuse gli occhi in senso di godimento.

Così, i miei preparativi furono completati. Lo tenevo in mano…